UNA NOTTE DI TENTAZIONE

DARCY BURKE

Traduzione di
ERNESTO PAVAN

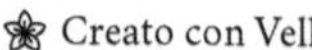 Creato con Vellum

UNA NOTTE DI TENTAZIONE

Messa di fronte alla prospettiva di un matrimonio odioso, lady Penelope Wakefield prende provvedimenti drastici per conservare la propria libertà. Il suo piano geniale è a prova di idiota, fino a quando un parroco sexy, ma imperioso, non la "salva."

Il pastore Hugh Tarleton non ha pazienza per i filantropi dell'alta società vogliosi di riversare la propria compassione – e poco altro – sul suo povero gregge in uno dei quartieri peggiori di Londra. Quando la figlia di un marchese viene rapita e portata nella ladronaia, lui giura di proteggerla, ma la tentazione di cedere al loro desiderio reciproco sarà certamente la rovina di entrambi.

Il Club dei Duchi Malandrini

Ecco a voi gli indimenticabili frequentatori della più famosa taverna di Londra, il Duca Malandrino. Belli e seducenti, con fascino e arguzia da vendere, una notte con questi libertini e farabutti non basterà mai…

Una notte di seduzione di Erica Ridley
Una notte di abbandono di Darcy Burke
Una notte di passione di Erica Ridley
Una notte di scandalo di Darcy Burke
Una notte da ricordare di Erica Ridley
Una notte di tentazione di Darcy Burke

Iscrivetevi alla mia newsletter (al momento solo in inglese) a https://www.darcyburke.com/readerclub per esclusive riservate ai membri, comprese dritte anticipate su preordini e notizie sempre fresche, nonché contest, giveaway, omaggi e offerte di libri a 99 centesimi!

Volete condividere l'amore per i miei libri con altri lettori dai gusti simili? Volete farmi compagnia e avere notizie sempre fresche? Unitevi alle Duchesse di Darcy.

Alla mia fiera, splendida, capace, ispiratrice figlia.
Sei tutto quello che sognavo e molto altro ancora.

CAPITOLO 1

Londra, giugno 1817

Ora che era giunto il momento, lady Penelope Wakefield aveva la sensazione che il cuore le sarebbe balzato fuori dal petto. Era sicura che la signora Hall, suo chaperon nonché cugina della madre, che accanto a lei stava osservando un esotico uccello impagliato, sentisse il pulsare del suo sangue nelle vene.

Ora o mai più.

"Santo cielo," disse Penelope, ostentando afflizione mentre si portava una mano al lobo spoglio dell'orecchio; aveva lasciato cadere tempo prima l'orecchino in un'altra zona del museo. "Ho perso l'orecchino."

La signora Hall, una donna severa dal viso tirato, lanciò un'occhiata torva a Penelope; le sue labbra praticamente svanirono sotto il peso del disgusto. "Quanta goffaggine. Immagino che dovremo cercarlo. Tua madre non sarà compiaciuta, se l'hai perso davvero."

La madre di Penelope era raramente compiaciuta, ma la perdita dell'orecchino di perla che aveva dato a Penelope all'inizio della Stagione l'avrebbe resa furiosa. Tuttavia, quello era un piccolo prezzo da pagare per la libertà. Che era esattamente la posta in gioco.

"Il museo chiuderà presto," disse Penelope. "Forse voi dovreste controllare qui e nell'ultima stanza, mentre io ripercorro i miei passi ancora più indietro." Trattenne il fiato; se la signora Hall non le avesse permesso di andare, il suo piano sarebbe fallito prima ancora di essere messo in atto.

La signora Hall aggrottò la fronte mentre le sue labbra formavano un profondo cipiglio. "Dovremmo guardare insieme. Ma sfortunatamente, tu hai ragione. Il museo sta per chiudere e tu devi trovare quell'orecchino." La donna contrasse le labbra. "Anche se ti starebbe bene tornare a casa senza l'orecchino e giustificare la tua sbadataggine alla marchesa. Ripensandoci, lo farai comunque, che tu trovi l'orecchino o meno."

L'irritazione si fece largo tra l'ansia di Penelope, ma sarebbe stato inutile rispondere alla direttiva della signora Hall. Lei avrebbe "trovato" l'orecchino nell'uscire dal museo… verso la libertà.

"Andiamo insieme, dunque?" chiese Penelope, incrociando mentalmente le dita nella speranza che la signora Hall dicesse di no…

La donna matura esalò un sospiro colmo di fastidio. "Divideremo le forze. Troviamoci all'ingresso all'ora di chiusura." Si sporse leggermente, stringendo gli occhi. "Senza dire nulla a nessuno."

Sollievo ed euforia attraversarono Penelope. Nascondendo le sue emozioni, cosa a cui era abituata da tempo, si limitò ad annuire con severità. "Certamente." Si voltò prima che la signora Hall potesse cambiare idea e andò in cerca dell'orecchino.

Si fece largo tra le stanze fino alle scale, fermandosi brevemente a raccogliere l'orecchino che aveva lasciato cadere vicino a un'esposizione di giraffe impagliate. Guardandosi alle spalle per accertarsi che la signora Hall non si vedesse da nessuna parte, Penelope scese di corsa le scale e attraversò la biblioteca fino all'ingresso posteriore.

Incrociò solo due persone e si assicurò di tenere la testa bassa. Aveva indossato un cappello dalla tesa particolarmente ampia per nascondere meglio il viso e, allo stesso scopo, si era vestita nella maniera meno vistosa possibile. Era stato difficile, poiché il suo guardaroba era stato progettato allo scopo di attirare l'attenzione... soprattutto quella di un futuro marito.

Sebbene i suoi vestiti e la sua bellezza – o così le dicevano – avessero fatto di lei la protagonista della Stagione, Penelope aveva fatto del suo meglio per sfuggire ai corteggiatori, di solito dicendo ai gentiluomini che preferiva attendere la fine della Stagione per contrarre matrimonio. Aveva detto ai suoi genitori che era meglio prendere in considerazione tutti i candidati possibili prima di scegliere il migliore. Suo padre aveva gradito il suo approccio selettivo, ma giacché si avvicinava la fine della Stagione e nessun gentiluomo si era fatto avanti per esprimere desideri matrimoniali, il marchese aveva combinato il matrimonio peggiore che Penelope potesse immaginare. Ora lei non aveva altra scelta che prendere provvedimenti drastici per scongiurarlo. Non aveva alcuna intenzione di sposare l'odioso conte di Findon.

Apparve l'uscita e Penelope vi si affrettò. Un attimo prima di uscire nel pomeriggio luminoso, ebbe paura che qualcuno l'avrebbe fermata.

Ma così non fu.

Era libera! O quasi. Guardandosi ancora una

volta alle spalle, fu nuovamente sollevata nel vedere che non era stata seguita. Ora doveva solo raggiungere il luogo d'incontro.

Attraversare Great Russel Street fu la sfida più grande, ma Penelope ci riuscì, nonostante continuasse a lanciare occhiate nervose alla sua carrozza, parcheggiata poco dopo il museo. Affrettandosi lungo una stradina, era sicura che ormai il museo stesse per chiudere. Nel giro di pochi istanti, la signora Hall si sarebbe resa conto che Penelope se n'era andata.

Avrebbe dato l'allarme e insistito affinché il museo venisse perquisito? O avrebbe mantenuto il silenzio sulla scomparsa di Penelope e sarebbe tornata a casa a informare i suoi genitori? Se la signora Hall credeva che sua madre sarebbe stata contrariata dalla perdita di un orecchino, chissà quanto sarebbero stati furiosi lei e il padre di Penelope quando avrebbero scoperto che *Penelope* si era persa.

Penelope ebbe per un attimo compassione dello chaperon, ma solo un istante. La signora Hall era una partecipante volontaria ed entusiasta delle umiliazioni di Penelope e della sua sorveglianza costante. Penelope, dal canto suo, non voleva recare fastidio a nessuno, ma sapeva che quella era la sua unica occasione di sfuggire alle macchinazioni di suo padre. Se non avesse cambiato la propria sorte, presto sarebbe diventata la contessa di Findon.

Seguendo le indicazioni datele da Maisie, attraversò il vicinato verso il luogo d'incontro designato. Per la centesima volta, Penelope pronunciò una preghiera di ringraziamento per Maisie, l'affettuosa e incoraggiante amica che aveva conosciuto durante la sua prima visita alla chiesa di St. Giles-in-the-Fields, tre mesi prima. Senza il suo ingegno e la sua gentilezza, Penelope sarebbe stata costretta a sposare Findon.

Era strano camminare senza uno chaperon, un lacchè, o qualunque genere di compagnia. Strano, e forse un po'… birbante. O sconsiderato.

Era tutte quelle cose. Ed era anche *necessario*. Findon era vecchio quasi abbastanza da poter essere suo nonno e la trattava come se lei fosse già roba sua. Ma del resto, il conte ne era convinto. Quasi un anno e mezzo prima, lei era stata promessa in sposa a suo figlio, che era morto all'improvviso di malattia prima che potessero sposarsi.

A malapena sei mesi dopo, Findon aveva cominciato a lasciar intendere al padre di Penelope che sarebbe stato lieto di sposarla al posto del figlio. Poi, quella Stagione, si era fatto più audace e si era rivolto in maniera esplicita al marchese. Secondo Findon, in quel modo Penelope avrebbe guadagnato comunque il titolo che aveva sperato di ottenere, e lui avrebbe generato un nuovo figlio per sostituire quello perduto.

Quando Penelope non era riuscita, per l'ennesima volta, a trovare un marito, suo padre aveva cominciato a guardare con favore all'idea. In verità, era lui che voleva il titolo di Findon… o meglio, le circoscrizioni elettorali che Findon controllava e che avrebbero permesso a suo padre di controllare tramite il matrimonio.

Le preferenze di Penelope non erano mai state prese in considerazione, la qual cosa era il motivo per cui il successo dell'impresa era assolutamente vitale. Maisie aveva capito che lei non voleva accettare umilmente la sorte; voleva cambiarla.

Finalmente, Penelope raggiunse il quartiere di St. Giles. Sebbene si fosse recata alla chiesa per consegnare indumenti e altri beni con sua madre e altre signore di Mayfair nel corso dell'intera Stagione, non era mai entrata nella ladronaia di St. Giles. Quel luogo era un covo di vizio e di povertà, e soprattutto di pericolo, in particolare per una persona come Penelope.

Avvertì un formicolio, come se tutti attorno a lei avessero all'improvviso capito che una dama di Mayfair era entrata tra di loro e fossero pronti a saltarle addosso. Tuttavia, guardandosi attorno, lei vide solo gente impegnata a camminare per i fatti suoi.

Trasse un respiro profondo per rilassarsi i nervi e attraversò la strada. Camminando a passo rapido, trovò l'ingresso della minuscola Ivy Street, dove Maisie l'attendeva per portarla a una locanda.

Ivy Street era stretta e buia, persino nel tardo pomeriggio. Zaffate di odori orripilanti la raggiunsero da ogni angolo. Penelope si portò una mano al naso e fu lieta che il guanto avesse un vago odore di lavanda. Dov'era Maisie?

L'incrocio era piccolo ed era impossibile non notare l'assenza di Maisie. Forse era stata trattenuta. Penelope trasse un altro respiro profondo, pentendosene immediatamente. Si portò le dita alle narici.

"Ma che bella robina."

Il commento fu seguito da un ridacchiare profondo proveniente dalle sue spalle. Penelope si voltò di scatto e vide due uomini giovani, ma più maturi dei suoi ventun anni, incamminarsi verso di lei.

"Dev'essere questa," disse quello con la voce più bassa. Era alto e aveva braccia e gambe molto lunghe, con un viso angoloso e capelli neri mossi.

"Oh, credo proprio di sì," mormorò l'altro uomo. Questi aveva, a dire il vero, un bell'aspetto, con capelli biondo-rossicci che ricadevano a onde sul colletto e occhi scuri che sembravano brillare da sotto l'orlo del cappello. Ma il sorriso che gli arricciava le labbra non era amichevole; era sinistro. "Vieni qui, uccellino."

Penelope notò troppo tardi il sacco nelle mani dell'uomo più alto – pochi istanti prima che esso le calasse sulla testa e la facesse precipitare nell'oscurità.

"Grida e ti facciamo male," disse l'uomo attraente con la bocca vicino al suo orecchio.

La minaccia era superflua, perché la paura le aveva paralizzato le corde vocali. Era come tutti quegli incubi che aveva avuto, dove chiamava aiuto ma non emetteva suono.

L'ultimo pensiero che le venne in mente quando gli uomini la afferrarono per le braccia e cominciarono a trascinarla fu la speranza che a Maisie non fosse capitata la stessa disgrazia.

~

Hugh Tarleton stava percorrendo Dyott Street. Per la maggior parte delle persone, la via era il cuore di uno dei quartieri più difficili di Londra: la ladronaia di St. Giles. Per Hugh, invece, era un luogo familiare, e coloro che vivevano lì lo trattavano con rispetto e, nella maggior parte dei casi, gentilezza. Erano i suoi parrocchiani, le persone a cui teneva di più al mondo con l'eccezione dei suoi fratelli.

Ma i suoi fratelli non avevano bisogno di lui come ne avevano bisogno quelle persone.

Il cielo cominciava a rannuvolarsi. Hugh sollevò lo sguardo, come se così facendo potesse capire se avrebbe piovuto o meno. Non che la cosa avesse importanza. Ormai, lui era diretto a casa.

Qualcosa lo colpì al braccio, spingendolo a fermarsi e ad abbassare lo sguardo. Un volano giaceva sul selciato accanto ai suoi piedi. Chinandosi, Hugh prese in mano il volano e vide che le piume erano già appiccicate le une alle altre.

Un ragazzo con una racchetta in mano camminò verso di lui a capo chino. "Scusate, signor Tarleton."

"Nessun problema, Ned." Hugh restituì il volano al ragazzino di dieci anni. "Sembra che il gioco ti piaccia. Presto ti porterò un altro volano."

Gli occhi scuri di Ned si illuminarono. "Sì, signore! Non vi ringrazieremo mai abbastanza per avercelo dato."

"È un piacere. Hai portato il pane a tua madre?"

"L'ho fatto subito," disse Ned, annuendo con aria responsabile. "Ha detto di ringraziarvi."

La donna aveva trascorso le ultime due settimane in malattia e finalmente aveva cominciato a riprendersi. Hugh sperava che il suo lavoro di sarta sarebbe stato ancora disponibile, quando la donna vi avrebbe fatto ritorno nel giro di un paio di giorni, ma in caso contrario avrebbe pensato lui a parlare col suo datore di lavoro.

Hugh diede una pacca sulla spalla del ragazzo. "Bravo."

Ned sorrise a trentadue denti, quindi corse dall'altra parte della strada verso il suo fratellino, senza dubbio per condividere la notizia del volano nuovo. Hugh ne avrebbe fatto realizzare alcuni a un membro del suo staff. Non poteva certo essere difficile. Salutò i due ragazzi, quindi proseguì per la sua strada.

Un lampo di tessuto giallo pallido negli oscuri confini di Ivy Street attirò la sua attenzione. Due uomini tenevano per le braccia una donna la cui testa era coperta da un sacco. Hugh fu travolto dall'allarme e corse verso di loro.

"Fermi!" esclamò mentre allungava il passo. Li

raggiunse prima che arrivassero in Carrier Street. Tendendo il braccio, afferrò uno degli uomini per un gomito e lo strattonò.

Il malfattore fu costretto a lasciar andare la donna e il suo capello cadde a terra mentre cercava di mantenere l'equilibrio. "Porco mondo!" L'uomo incrociò lo sguardo di Hugh e i due si riconobbero.

"Joseph? Cosa stai facendo?" chiese Hugh al mascalzone fin troppo attraente che faceva voltare la testa alla maggior parte delle signore di St. Giles.

"Non sono affari vostri, Tarleton." Joseph si chinò e riprese il cappello, rimettendoselo sulla testa dai capelli castano-ramati.

"Tutto quello che succede a St. Giles è affar mio." Hugh fulminò con lo sguardo prima Joseph e poi Edwin – uno dei tirapiedi di Joseph – che ancora tratteneva la donna misteriosa. "Lasciatela andare."

Edwin guardò Joseph, che imprecò sottovoce, ma alla fine annuì. Joseph trafisse Hugh con un'occhiata furiosa. "Non invischiatevi in faccende che non capite, Tarleton."

"Capisco benissimo. Vedo che avete con voi una donna piuttosto abbiente con un sacco sopra la testa. Non mettetevi nei guai con la legge."

"La legge?" chiese Joseph, prima di scoppiare a ridere assieme a Edwin. "Non ce ne frega niente della legge. Non esiste legge, qui."

Hugh non poteva contraddirlo. A St. Giles si verificavano crimini di ogni genere e la cosa era considerata normale. "A *me* importa. Non ho idea di cosa abbiate in mente di fare con lei, ma dovrete dimenticarvene." Fece per oltrepassare Joseph e raggiungere la donna.

L'uomo la afferrò per il braccio proprio nel punto in cui il volano lo aveva colpito al bicipite. "Lasciatela stare."

"Se credete che vi permetterò di rapire una persona, non mi conoscete bene." Hugh fulminò Joseph con lo sguardo mentre si scrollava di dosso la sua mano. Poi tolse il sacco dalla testa della povera donna ed ebbe un sussulto quando la riconobbe. Quella era la figlia della marchesa di Bramber, che occasionalmente visitava la sua chiesa per fare "beneficenza."

Joseph, che probabilmente aveva cinque anni meno dei trenta di Hugh, ma sembrava più vecchio di lui, cercò di frapporsi fra Hugh e la giovane donna. "Volete una fetta? Vogliamo chiedere un riscatto. È una ragazza ricca, questa."

Sarebbe stato inutile chiedere come i due facessero a saperlo: l'abbigliamento della giovane tradiva il suo status. Il cappello costoso penzolava dal collo appeso a un ampio nastro, lasciandole la testa scoperta. I capelli scuri erano tirati indietro dal viso a cuore e alcuni riccioli le adornavano le tempie. I suoi occhi erano marroni, ma con una sfumatura dorata che li faceva sembrare color ambra. In quel momento, erano anche spalancati per la paura e Hugh dovette trattenere l'impulso di schiacciare Joseph e il suo compare sotto i suoi stivali.

Attirò al proprio fianco la giovane donna. "Voi non chiederete nessun riscatto. Continuerete lungo la vostra strada e dimenticherete di averla vista." Hugh abbandonò la rabbia e cercò di fare appello alla propria compassione. Joseph era solo in St. Giles da quasi vent'anni e aveva cominciato a mostrare segni di ravvedimento. Hugh aveva deciso di tenerlo d'occhio quando si era trasferito in quella parrocchia, tre anni prima. "Joseph, c'è una strada migliore. Se solo riuscissi a conservare uno dei lavori che ti ho trovato, riusciresti a realizzarti."

Joseph scambiò un'occhiata con l'altro uomo,

poi sbuffò. "Voi dite così, ma poi mi capitano tra le mani occasioni del genere."

Occasioni? Hugh sentì la giovane donna accanto a sé tremare. Si era premuta contro il suo fianco, come per appiccicarsi a lui. Come era finita tutta sola a St. Giles?

"Dove l'avete trovata?" chiese Hugh.

"Gironzolava lungo Ivy Street," rispose Edwin.

La rabbia di Hugh si riattizzò. "Dubito fortemente che sia entrata in St. Giles da sola. Riprovate."

"Era sola, lo giuriamo," disse Joseph. "Vero, bellezza?"

Hugh abbassò lo sguardo sulla giovane e la vide annuire debolmente. "È vero," mormorò.

Beh, peste e corna.

"D-dov'è Maisie? Sarà meglio per voi che non le abbiate fatto del male." All'inizio, la giovane donna aveva balbettato, ma poi la sua voce aveva ripreso forza. Hugh conosceva una Maisie che viveva a St. Giles, ma com'era possibile che la figlia di Bramber la conoscesse?

Joseph e Edwin risero nuovamente. "Maisie ci sta aspettando. Credevi davvero che fosse tua amica?"

Hugh sentì la giovane donna lasciarsi andare e fu lesto ad afferrarla per evitare che rovinasse a terra. "Andrà tutto bene," mormorò. Aveva una voglia disperata di capire cosa stesse succedendo, ma prima doveva portare la giovane al sicuro. La domanda era dove. Riportò la propria attenzione su Joseph e Edwin. "Ora, questa donna è sotto la mia protezione. Suo padre è un pari e un membro potente dell'alta società. Se dovesse accaderle qualcosa, sarete in guai più grossi di quanto possiate immaginare."

La paura apparve nello sguardo di Edwin, che

strattonò Joseph per la manica. "Non vogliamo guai. Non da uno ricco. Abbiamo già i soldi che ci ha dato Maisie."

La curiosità ebbe il sopravvento su Hugh. "Maisie Evans?" La donna partecipava occasionalmente alla messa e, ogni tanto, vendeva le sciarpe realizzate da sua nonna. Aveva pagato quei due perché rapissero la figlia di Bramber?

"Sì, proprio lei," rispose Edwin mentre Joseph gli dava di gomito.

"Sta' zitto," disse ringhiando Joseph.

Cosa ci faceva quella donna lì con Joseph? Era una domanda alla quale Hugh non avrebbe cercato risposta, per il momento. Prima doveva mettere al sicuro la giovane alle sue spalle. "Joseph, dovresti restituire quel denaro."

Joseph scosse la testa. "L'ho già speso: dovevo ripagare un prestito."

Hugh non era sorpreso. Lanciò un'occhiata alla giovane donna e si scusò prima di riportare la sua attenzione su Joseph. "Confido che la faccenda finisca qui. Se dovessi essere informato del fatto che tu o Maisie avete infastidito ulteriormente questa giovane donna, mi assicurerò che tutti sappiano quello che avete fatto. Compresa tua madre, Edwin." La donna non sarebbe stata contenta di sapere delle imprese nefande del figlio.

Edwin diede un colpetto sulla spalla di Joseph. "È meglio andare." Quindi, guardò Hugh. "Scusate, signor Tarleton."

Joseph grugnì, poi rivolse a Hugh un'occhiata torva prima di ritirarsi tra le ombre di Ivy Street.

Hugh esalò il fiato con sollievo. Non credeva che Joseph lo avrebbe sfidato, ma era lieto di aver messo al sicuro la figlia di Bramber. O meglio, lo sarebbe stato quando avrebbe avuto modo di riportarla a Mayfair.

Si rese conto che la giovane era ancora premuta contro il suo fianco, un tepore femminile di cui lui non godeva da tempo. Voltandosi in modo da far sì che si separassero, la guardò e le rivolse un sorriso di incoraggiamento. "Ora andiamo a casa. Dove vivete?"

La giovane scosse energicamente la testa. "Non posso andare a casa." Aggrottò la fronte. "Maisie ha pagato quegli uomini perché mi rapissero?"

Non poteva andare a casa? Hugh ci sarebbe arrivato nel giro di un minuto. Per prima cosa... "Come fate a conoscere Maisie?"

La giovane donna si rimise il cappello in testa e riallacciò il nastro. "L'ho conosciuta alla vostra chiesa. Era mia... amica." La sua bocca si contrasse in un profondo cipiglio.

Un'esplosione di solidarietà travolse Hugh. Sembrava che Maisie avesse raggirato quella giovane. "Siete la figlia di Bramber, vero?"

Lei annuì. "Lady Penelope Wakefield."

Hugh si rese conto che diverse persone li stavano fissando. E sebbene fosse difficile che lui attirasse l'attenzione, era normale che ciò accadesse per lady Penelope. "Devo proprio portarvi a casa."

La giovane scosse fermamente la testa. "Ve l'ho già detto: non intendo tornare a casa. Dovevo andare a una locanda con Maisie."

Una locanda... Ce n'erano diverse, in St. Giles, ma solo una era quella in cui lui era disposto a portare lady Penelope. Se non altro, potevano levarsi dalla strada in modo da permettergli di indagare a fondo su quella faccenda. "Venite; vi porterò in una locanda dove potremo sederci a parlare." Hugh le offrì il braccio come se stessero facendo una passeggiata al parco invece che essere al centro della più famigerata ladronaia di Londra.

"Grazie." Lady Penelope gli mise una mano

sulla manica e lui si incamminò verso Carrier Street, dove svoltarono a destra per Buckridge. L'Uccello Vorace, la locanda meglio tenuta di St. Giles, sorgeva sull'angolo.

Hugh condusse la giovane nella grande sala comune. Arredata con tavoli segnati e sedie spaiate, la zona era quasi vuota. Un uomo sedeva a un tavolo vicino alla parete, con gli occhi chiusi e la testa appoggiata sulle braccia, che aveva piegato sul tavolo. Altri due uomini sedevano dalla parte opposta della stanza e sembravano immersi in una conversazione.

Hugh guidò lady Penelope fino a un tavolo e le tenne la sedia mentre lei prendeva posto. Prese poi la sedia dalla parte opposta del piccolo tavolo squadrato e posò il cappello su una delle due sedie rimaste. "Ora, se non vi dispiace, vi prego di cominciare la vostra storia dall'inizio."

La giovane esitò. Quanto bastava perché Hugh non fosse certo di voler conoscere la verità. "Dovevo allontanarmi da casa… solo per questa sera. Maisie si era offerta di aiutarmi. Io l'ho pagata. Ora parrebbe che lei avesse un piano del tutto diverso." Lady Penelope scosse la testa e abbassò lo sguardo sul tavolo. "Non riesco a credere di essere stata così sciocca. Ripensandoci, sì, ci riesco. Ero disperata." Lanciò a Hugh un'occhiata preoccupata velata di paura.

Hugh era più confuso che mai, e tuttavia era sicuro che lady Penelope fosse sincera: si era sentita messa all'angolo. Inoltre, era sicuro che Maisie le avesse promesso una via di fuga e si fosse approfittata di lei. "Perché dovevate allontanarvi da casa, questa sera? State cercando di evitare qualcosa?"

Lady Penelope incrociò il suo sguardo e rise. Il suono era cupo e vuoto. Lo fece rabbrividire fin nelle ossa. "Sì, sto assolutamente cercando di evitare qualcosa: il matrimonio."

La risposta della giovane non dissolse del tutto la confusione di Hugh. "Dovevate sposarvi stasera?"

"Non stasera, no, ma l'uomo che i miei genitori vogliono costringermi a sposare verrà a cena, durante la quale sarà annunciato il nostro fidanzamento."

Costringermi. A Hugh non piaceva il suono quella parola. "Perché i vostri genitori vogliono costringervi?"

Lady Penelope si raddrizzò e le sue spalle si irrigidirono. "Perché mio padre desidera questo matrimonio. Ma se io venissi rovinata, lo sposo non vorrebbe sposarmi. Maisie ha suggerito di farmi rapire."

Hugh cercò di raccapezzarsi. "Dunque vi aspettavate che Joseph e Edwin vi gettassero un sacco sulla testa."

"No. Non avrebbe dovuto esserci davvero un rapimento. Mi sono allontanata furtivamente dal mio chaperon per incontrare Maisie in Ivy Street. Lei ha inviato una falsa richiesta di riscatto a mio padre e una al *Times*, cosicché il mio rapimento diventi di dominio pubblico. Non posso essere rovinata se nessuno lo sa."

"Insomma, è stata tutta un'idea di Maisie." Rabbia e disappunto imperversavano in Hugh. "E voi l'avete conosciuta alla mia chiesa." Maisie si era approfittata di quella giovane donna, come sicuramente aveva avuto intenzione di fare Joseph.

"Esatto."

"Beh, in tal caso spetta a me sistemare le cose."

CAPITOLO 2

"*P*erché spetterebbe a voi?" chiese Penelope; e tuttavia, sarebbe stata lieta di qualunque assistenza avrebbe potuto fornirle il parroco. Si era preoccupata per la sicurezza dell'uomo quando questi era intervenuto per difenderla dai rapitori… Buon Dio, poco c'era mancato che venisse rapita davvero.

All'improvviso, le girò fortemente la testa.

"Lady Penelope, va tutto bene?" Il signor Tarleton si sporse in avanti, lo sguardo incupito dalla preoccupazione.

E che sguardo affascinante era. I suoi occhi erano color nocciola, un accattivante misto di marrone caldo e verde giada, con un'aureola dorata che circondava la pupilla. Aureola? Era un angelo? Forse no, ma di sicuro era stato un angelo a mandarlo.

Penelope sbatté le palpebre, tanto per riprendersi quanto per smettere di pensare a quanto era affascinante il pastore. "Sì, sto bene. È solo che… Non avevo immaginato che la giornata sarebbe andata così."

"Cosa avevate immaginato?"

Una cameriera si avvicinò al tavolo e il suo

sguardo si soffermò con apprezzamento sul signor Tarleton. "Posso portarvi una birra?"

"Due, per favore," rispose il pastore, guardando a malapena la donna e continuando a concentrarsi su Penelope.

Quando la cameriera se ne fu andata, Penelope piegò le mani in grembo. "Non ho mai bevuto della birra."

Le sopracciglia dell'uomo scalarono la fronte mentre il suo mento calava. "Mai?"

"Mai."

"Beh, provatela; se non vi piacerà, potrete ordinare qualcos'altro," disse il parroco. "L'Uccello Vorace vende la birra migliore di St. Giles; è al livello di quella del Duca Malandrino."

"Voi frequentate il Duca Malandrino?" Di proprietà di due duchi, la taverna era la più famigerata di Londra, popolare quanto i club per gentiluomini di St. James, ma con una clientela molto variegata. In qualche altro luogo un parroco di St. Giles avrebbe potuto sedere accanto a dei duchi?

"Sì. Ho frequentato Oxford con le Loro Grazie. Il duca di Eastleigh è un mio caro amico. Sapevate che, dieci anni fa, hanno aperto la taverna al solo scopo che il nostro gruppo di amici di Oxford frequentasse lo stesso locale?"

"Non me n'ero resa conto, no. Che cosa straordinaria. È vero che anche le donne la frequentano?"

"A volte, anche se nessuna del vostro rango lo fa. Potrebbero, badate bene; voglio dire, sarebbero le benvenute."

"Essere benvenute laggiù significherebbe non essere più benvenute da nessun'altra parte." Penelope non celò il sarcasmo. Le donne del suo rango, soprattutto le giovani nubili, non godevano della minima libertà. Era una delle ragioni per cui aveva guardato con ansia al piano di quel giorno. Anche se solo per una notte, sarebbe stata completamente libera. Poi, con un po' di ottimismo, l'indomani sarebbe stata il più libera possibile... libera dal matrimonio con Findon, in ogni caso.

"Sfortunatamente, avete ragione." L'uomo le lanciò un'occhiata di scuse. "Spesso penso che non sia giusto che le donne non abbiano le stesse opportunità degli uomini."

"Parlate come un radicale."

Il signor Tarleton spalancò gli occhi. "Questo no. Non ad alta voce, perlomeno." L'uomo ammiccò e qualcosa dentro di lei si piegò, come un fiore in boccio che cercava il sole.

La cameriera tornò con le loro birre, posando un boccale di fronte a ciascuno di loro. "Se avete bisogno d'altro, fatemelo sapere." Ancora una volta, la donna fissò il signor Tarleton per un attimo in più del necessario prima di allontanarsi.

Penelope non poteva biasimarla. Il parroco era un uomo decisamente attraente, con notevoli spalle larghe e una corporatura atletica e muscolosa che lei vedeva di rado nei gentiluomini dell'alta società. Penelope non avrebbe dovuto preoccuparsi all'idea che egli affrontasse i rapitori. Il pastore aveva l'aria di uno che avrebbe potuto spezzarli in due.

E tuttavia, c'era qualcosa di tenero in lui. Il modo in cui si era rivolto a Joseph, parlandogli in tono gentile ma non condiscendente, aveva probabilmente giocato un ruolo chiave nel convincere i malfattori ad abbandonare il loro piano.

"Ora ditemi cosa pensavate sarebbe successo oggi," la incoraggiò l'uomo. "Se non vi dispiace."

"Prima proverò questa birra."

"Potrebbe essere un po' amara." Il signor Tarleton si portò rapidamente il boccale alle labbra e bevve un sorso. "Forse più di un po'."

Penelope afferrò il manico del boccale e se lo portò alle labbra. Quando la birra raggiunse la sua lingua, lei sputacchiò immediatamente. "Amaro" non si avvicinava nemmeno a descriverne il sapore acre.

"Potrebbe volerci qualche sorso per abituarvi," suggerì premurosamente il parroco.

Penelope riuscì a deglutire. "Potrebbero volerci diversi *barili*." E tuttavia, bevve un altro sorso. Il sapore le fece strizzare gli occhi per un istante, ma se non altro, la seconda volta lei sapeva cosa aspettarsi.

"Non dovete berlo per forza," disse l'uomo.

"Ma lo farò." Penelope bevve un altro sorso prima di riappoggiare il boccale sul tavolo. "Sono decisa ad approfittare il più possibile della mia libertà, e ciò include bere birra, non importa il suo sapore."

Il signor Tarleton sollevò il boccale in un brindisi. "Alla libertà."

Un calore si diffuse in lei, e non era dovuto alla birra. "Sì, alla libertà." Picchiò il boccale contro quello dell'uomo e bevve un altro sorso.

Dopo aver bevuto una quantità molto più sostanziosa di birra, il signor Tarleton posò il boccale sul tavolo e passò una mano nuda lungo un lato dei suoi capelli castano-ramati. Le rivolse un'occhiata imbarazzata mentre si faceva ricadere la mano in grembo. "Temo che mi capiti spesso di dimenticare i guanti, soprattutto in questo periodo dell'anno."

"Non me n'ero accorta prima che voi lo menzionaste. Voglio dire, avevo notato che la vostra mano era nuda, ma non avevo pensato che non indossavate i guanti o che avreste dovuto farlo." Penelope stava blaterando sciocchezze inusitate. "Ma certo che dovreste," concluse a bassa voce e con scarsa convinzione.

Non aveva mai prestato attenzione alle mani degli uomini, in passato, e ora si ritrovò a desiderare che il signor Tarleton le posasse sul tavolo in modo che lei le osservasse più da vicino. Impedendosi di proseguire lungo la strada dei pensieri indecenti, cominciò a spiegare al parroco come aveva sperato che sarebbe proseguita la giornata.

"Nell'ultima occasione in cui sono stata alla vostra chiesa, Maisie e io abbiamo pianificato la mia... scomparsa." In che altro modo definirla?

"È stato la settimana scorsa? Mi sembra di ricordare che vostra madre e le altre signore fossero venute a fare le solite donazioni. Ma non ricordo di aver visto voi."

"Siete rimasto pochissimo," disse Penelope. "Il vostro curato ha detto che avevate altre incombenze. Capita spesso, quando veniamo noi."

Il signor Tarleton chinò il capo per un breve istante; quando lo sollevò, aveva sul volto un sorriso ironico. "Temo di dover confessare che cerco di evitare quelle occasioni. Vi prego di non prenderla sul personale. È solo che non sopporto la falsa carità di quelle persone." Il parroco tacque di colpo e serrò le labbra. "Chiedo scusa. Non volevo suonare ingrato. Apprezzo le loro donazioni."

Penelope credeva di aver capito. "Non credo che i nostri abiti smessi siano molto utili."

Negli occhi dell'uomo lampeggiò la sorpresa, seguita da qualcos'altro. Qualcosa di più caldo. Ammirazione, forse. "Lo sono per via del denaro che ricavo vendendoli."

Penelope si portò una mano alla bocca mente spalancava gli occhi. Poi rise. Il parroco la fissò perplesso. "La cosa vi diverte?" chiese.

"No. È orribile. Mi dispiace molto per il fastidio che vi provochiamo. Ho riso perché... Beh, quando penso alla reazione che avrebbe mia madre se sapesse che avete venduto i suoi abiti smessi, fatico a non ridere."

"Spero che non glielo direte."

"Non lo farò." Per quanto l'offesa di sua madre sarebbe stata divertente, Penelope non avrebbe mai voluto farsi ambasciatrice di informazioni tanto sgradevoli. "Che genere di donazioni preferireste ricevere in luogo degli abiti smessi?"

Il signor Tarleton inclinò la testa di lato. "Denaro a parte, i miei parrocchiani hanno sempre bisogno di cibo, abiti utilizzabili, libri e altro materiale educativo."

"Per cui, il set da badminton che mia madre vi ha portato il mese scorso è del tutto superfluo?"

"Assolutamente no. Ha regalato ore di svago a due ragazzi che non hanno quasi nulla," disse a bassa voce Hugh prima di bere un sorso di birra.

Penelope non aveva mai conosciuto una simile empatia, soprattutto da parte di un uomo. "Aggiungerò dei giocattoli all'elenco."

Il parroco la guardò da sopra l'orlo del boccale. "Davvero avete intenzione di portare quelle cose?"

"Sì. Che senso ha la beneficienza, se non siamo davvero d'aiuto?" Penelope sollevò il boccale e bevve un sorso. Purtroppo, la birra era ancora amara.

L'uomo la osservò per qualche istante. "Lady Penelope, voi mi costringete a rivedere la mia opinione sulle signore di Mayfair."

"Spero che ciò sia un bene."

I bordi delle labbra del signor Tarleton si curvarono in un mezzo sorriso e le viscere di Penelope si rimescolarono ancor più di prima. Ecco, finalmente, un uomo che le diceva qualcosa. "Ne sono convinto. Ora, ditemi cosa avevate in mente voi e Maisie."

"È stata Maisie a ideare l'intero piano. Le avevo

confidato la mia situazione disperata. Mio padre ha cercato per tutta la Stagione un buon partito per me e, quando ha optato per uno, io ho cercato disperatamente di evitarlo."

"Perdonatemi, ma non sono esperto del Mercato dei Matrimoni. È normale che un padre cerchi un partito alla figlia?"

"Non sono sicura che sia normale, ma nel caso di mio padre, lui lo riteneva necessario. Mi sarà permesso sposare solo un uomo di sua approvazione, e lui approverà solo qualcuno che gli porti benefici."

Il labbro del signor Tarleton si arricciò. "Non sono certo che vostro padre mi piaccia."

"Io sono *sicura* che a me non piaccia." Ma Penelope aveva paura di lui. "Se non sposassi un uomo di sua approvazione, lui mi rinnegherebbe del tutto. E sebbene io oggi trovi godibile la libertà che ho appena scoperto, non sono nella posizione di poterla abbracciare in via permanente." Davvero lo aveva detto ad alta voce? Penelope resistette alla tentazione di portarsi una mano alla bocca. Il signor Tarleton la faceva sentire fin troppo a suo agio… forse più di quanto lei si fosse mai sentita.

"Potreste, ma sarebbe un cambiamento davvero profondo nel vostro modo di vivere," disse senza sbilanciarsi il signor Tarleton. "Tra le cose che faccio qui in parrocchia c'è l'aiutare le persone a trovare lavoro." L'uomo esitò. "Voi sareste disposta a lavorare?"

Il lavoro non era qualcosa a cui la figlia di un marchese fosse solita pensare. "È imbarazzante ammetterlo, ma non so cosa potrei fare. Le uniche cose che mi riescono bene sono il ricamo e gli acquerelli."

Il pastore le rivolse un sorriso di incoraggiamento. "Sono certo che quelle non siano le *uniche* cose che siate in grado di fare. Se sapete ricamare, immagino che sappiate anche cucire. Ho aiutato molte sarte a trovare lavoro. Il vostro stile di vita sarebbe molto diverso da quello a cui siete abituata, naturalmente."

Penelope riusciva con facilità a immaginarlo. O forse no. Davvero stava prendendo in considerazione l'idea di vivere a St. Giles? L'idea di rimanere da sola, senza alcun genere di sostegno, era assolutamente terrificante. Abbassò lo sguardo sul tavolo. "E ora mi vergogno ad ammettere che non so se ce la farei."

"Lady Penelope, non c'è nulla di vergognoso nel riconoscere i propri limiti. Concentriamoci sul problema presente. Maisie vi aveva fornito un piano per evitare quel matrimonio che non volete."

Penelope avrebbe voluto abbracciarlo. Aveva mai conosciuto una persona più comprensiva e compassionevole? "Sì, rovinandomi... non realmente, è chiaro. Avevamo deciso che una sparizione di una notte, unita alle richieste di riscatto che avrebbero reso pubblico il rapimento, avrebbe conseguito quell'obiettivo."

"E lo farà?" chiese il signor Tarleton. "Ve l'ho detto: non ho esperienza di queste cose." Il pastore serrò le mani attorno al boccale. "A dire il vero, ho due sorelle e, se loro fossero svanite per una notte, probabilmente la loro appetibilità matrimoniale ne avrebbe sofferto. Immagino che la vostra ne uscirebbe distrutta."

"È proprio questo ciò che spero," disse allegramente lei.

Lo sguardo dell'uomo si colmò di stupore. "Davvero? Non volete sposarvi mai?"

"Mi sarebbe piaciuto sposarmi, ma voglio scegliere mio marito. È così terribile?"

"Assolutamente no. Io non vorrei mai essere costretto al matrimonio."

"Non siete sposato, dunque?"

Il signor Tarleton scosse la testa. "Con sommo dispiacere del vescovo. In questo mestiere, siamo a cavallo di un confine sottile. Non possiamo permetterci di prendere moglie prima di aver raggiunto una posizione stabile, dopodiché ci si aspetta che ci sposiamo il prima possibile."

"Eppure voi siete ancora celibe." Non era una domanda, ma le uscì di bocca suonando come tale. Probabilmente perché lei era curiosa.

"Non ho ancora trovato una donna che vorrei sposare." L'uomo la fissò dalla parte opposta del tavolo e lei avvertì il desiderio di rivedere la sua mano nuda. O di premersi di nuovo contro il suo fianco. Tutto, pur di aumentare l'intimità che era scoccata tra di loro quando lui l'aveva salvata.

Oh, che modo di pensare assurdo! Non c'era alcuna intimità. Lei si era trovata in una situazione terribile e lui l'aveva salvata. Era *normale* che si sentisse attratta da lui, com'era decisamente.

Lo sguardo del signor Tarleton si spostò alle spalle di Penelope. "Quei due uomini continuano a guardare nella nostra direzione. A guardare voi, per essere precisi. Non mi piace." L'uomo tornò a concentrarsi su di lei. "Avete solo bisogno di restare lontana da casa per una notte? Poi vi farete ritorno?"

Penelope annuì. "Il piano era questo, sì."

"Allora rimarrete qui all'Uccello Vorace. Vi porterei a casa mia, ma un parroco non può portare a casa sua una donna nubile, anche se la donna in questione sta cercando di rovinarsi."

"Maledizione," disse Penelope mentre traeva un sospiro. "Non voglio rovinare la vostra reputazione."

Il signor Tarleton sorrise. "Ne sono certo. Potrei portarvi alla mia chiesa, il che significherebbe attraversare Mayfair alla luce del sole, ma non credo che sia una buona idea, nel caso qualcuno vi stia cercando. Anche se non sono certo che qualcuno oserebbe entrare a St. Giles." Il pastore fissò lo sguardo su di lei. "Qualcuno vi sta cercando?"

Penelope immaginava che la signora Hall, coadiuvata dal lacchè e dal cocchiere, la stesse cercando, ma non lì. "È probabile, ma non possono sapere di dover cercare in St. Giles. Ero al British Museum col mio chaperon e sono riuscita ad allontanarmi furtivamente."

Le sopracciglia castano-ramate dell'uomo si inarcarono. "Che intraprendenza. Credo che sia meglio restare qui. Prenderò due stanze, per preservare il decoro. Farò in modo di essere proprio accanto a voi." Il signor Tarleton bevve un rapido sorso di birra, quindi si alzò. "Vado a parlare col locandiere. Non temete: non vi perderò di vista."

"Grazie." Penelope osservò l'uomo raggiungere il bar e, mantenendo la parola data, egli voltò diverse volte la testa nella sua direzione. Una volta raggiunta la destinazione, si angolò verso di lei mentre parlava con l'uomo dietro il bancone.

Penelope non aveva alcun desiderio di rovinare la reputazione del signor Tarleton. Un conto era rendersi improponibile come moglie, un altro screditare un parroco nella sua parrocchia. Forse avrebbe fatto meglio ad andare a casa. Se Maisie aveva spedito quel biglietto al *Times*, come progettato, la rovina di Penelope era già iniziata. Ma, e se Maisie non lo aveva fatto? Aveva già mandato a monte il loro piano. Penelope non poteva contare su nulla. Poteva solo sperare.

Amara o meno, Penelope bevve un lungo sorso di birra per calmarsi i nervi. Cercò di non sussultare di nuovo e fallì. Basta così. Lasciato il boccale sul tavolo, si alzò proprio mentre il signor Tarleton faceva ritorno.

L'uomo prese il cappello dalla sedia e se lo mise in testa. "Ho affittato due stanze."

L'ansia che Penelope aveva cercato di soffocare tornò all'attacco. "Mi stavo chiedendo se non farei meglio ad andare a casa, in fondo."

La fronte dell'uomo si corrugò. "Non era quello il vostro piano."

"No, ma nemmeno questo lo è. Non voglio crearvi problemi."

"Non c'è nessun problema. Ho spiegato al locandiere che siete un'amica di famiglia vedova di passaggio da Londra e che non potete soggiornare a casa mia, perché è in corso di ristrutturazione."

"È vero?"

Il signor Tarleton le rivolse un sorriso complice. "No, ma Con, il proprietario dell'Uccello Vorace, non lo sa." L'uomo indicò le scale. "Andiamo?"

Mentre Penelope avanzava, la mano dell'uomo le sfiorò il fondo della schiena. Il contatto, unito all'invito verbale, le mandò un brivido lungo la spina dorsale. Era paura? Pregustazione? Qualcosa che lei non sapeva definire?

Qualcosa che lei avrebbe dovuto ignorare.

Penelope si incamminò velocemente verso le scale, tanto per sfuggire al tocco del pastore e alla sensazione da esso suscitata quanto per allontanarsi dalla sala comune e da occhi indiscreti. Il legno scricchiolava sotto i suoi piedi mentre salivano. D'istinto, cercò il corrimano, ma esso traballò sotto le sue dita. Penelope allontanò la mano e proseguì fino al pianerottolo, dove la luce proveniente da una finestra che dava sulla strada illuminava le scale.

"Voi siete nella prima stanza. È la più grande." Il

signor Tarleton gesticolò verso una porta alla loro sinistra, poi a quella accanto. "La mia è questa."

Penelope si portò sul pianerottolo per lasciar passare l'uomo. Questi le aprì la porta e la tenne aperta in modo che lei lo precedesse.

"C'è una chiave?" chiese Penelope nell'entrare.

Il parroco la seguì e chiuse la porta. "C'è un chiavistello. Sarete perfettamente al sicuro."

La stanza era più piccola della camera da letto di Penelope nella casa di suo padre in Grosvenor Street, ma era sorprendentemente accogliente, col letto rifatto con precisione, un tavolo quadrato con due sedie abbinate di fronte alla finestra sulla destra, e un caminetto nella parete di fronte alla porta. La poltrona posizionata ad angolo di fronte al caminetto era probabilmente ciò che le dava quella sensazione di accoglienza. Le ricordava la poltrona preferita di sua nonna, alla casa vedovile.

Il signor Tarleton si tolse il cappello e lo appese a un gancio accanto alla porta. "Ora raccontatemi il resto del vostro piano."

"Rimanete qui?"

"Per il momento. Abbiamo delle cose di cui discutere. E poi, sarà più gradevole trascorrere il tempo insieme, no?"

Penelope non poteva negarlo. "Sempre che siate certo che ciò non intaccherà la vostra reputazione."

"Certissimo." L'uomo le fece cenno di sedersi al tavolo.

Penelope si chiese se dovesse togliersi cappello e guanti. Di sicuro non voleva indossarli per il resto della giornata. Con decisione, si sfilò i guanti e li appoggiò su un comodino malconcio in un angolo. Poi si slacciò il nastrino sotto al mento e si tolse il cappello.

Il signor Tarleton tese la mano. "Date a me."

Penelope gli passò il cappello e le loro mani

nude si sfiorarono. A ogni contatto fisico – in strada, al piano di sotto e ora lì – si sentiva più attratta da lui. Aveva profuso grande impegno nell'erigere un muro tra sé e praticamente tutti gli altri e ora voleva abbatterlo, permettere a qualcuno di *vederla* davvero. Solo per quella sera.

Il pastore appese il cappello accanto al proprio, a un secondo gancio. "Immagino che i vostri genitori siano preoccupati per voi e stiano facendo il possibile per passare al setaccio la zona in cerca di voi."

Penelope sedette al tavolo e attese che l'uomo si sedesse di fronte a lei. "'Preoccupati' non è forse il termine più preciso per descrivere il probabile stato emotivo dei miei genitori. Voi avete conosciuto mia madre. Vi sembra il tipo di persona che si preoccupi di qualcosa che non sia l'abito da indossare o i gioielli che meglio si abbinano al suo abbigliamento?"

Il signor Tarleton aggrottò la fronte. "Non saprei. Immagino che una madre si preoccuperebbe per la figlia."

Era *normale* immaginare una cosa del genere, ma Penelope non lo faceva. La marchesa di Bramber si sarebbe curata della figlia scomparsa solo per l'impatto che ciò avrebbe avuto su di lei. Non avrebbe mai gradito trovarsi al centro di pettegolezzi negativi.

"Mia madre era di animo buono," mormorò il signor Tarleton, distraendo Penelope dal pensiero di sua madre, che decisamente non era buona – né di animo né sotto alcun altro aspetto. "Ricordo la sua risata. Era calda e luminosa, come una perfetta giornata estiva, di quelle che vorreste non finissero mai. È morta quando avevo otto anni."

Penelope udì nella voce dell'uomo il calore di cui questi parlava. L'ammirazione. L'affetto. "Sembrerebbe che vi manchi." Penelope non riusciva a immaginare di sentire la mancanza dei suoi genitori. Era felicissima di essere lontana da loro.

"Un po'. È mancata molto tempo fa. Mi dispiace che non abbia potuto vederci crescere."

Era l'espressione di un sentimento più commovente che lei avesse mai sentito. "Parlate molto bene, ma d'altra parte siete parroco. Forse dovrei venire ad ascoltare uno dei vostri sermoni."

L'uomo le rivolse un mezzo sorriso sarcastico. "Voi signore dite sempre così, ma nessuna di voi lo fa mai."

"Vi chiedo perdono, ma *io* non l'ho mai detto."

"Probabilmente no." Il signor Tarleton la osservò per un momento. "Sto cercando di pensare se abbiate mai parlato nelle occasioni in cui siete venuta nella mia chiesa. Ricordo il momento in cui vi ho conosciuta, ma a malapena, se non per il vostro viso o il vostro nome."

"Bene."

"Bene?"

Penelope si strinse nelle spalle. "Mi piace non dare nell'occhio."

"Che... strano. La maggior parte delle signore come voi preferisce essere al centro dell'attenzione."

"Io non sono la maggior parte delle signore."

L'uomo la scrutò per un momento. "No, non lo siete. Non riesco a pensare a una sola di loro che sceglierebbe di rovinarsi."

"Beh, ora ne conoscete una," disse Penelope. "Per tornare alla vostra domanda, dubito che i miei genitori si preoccuperanno. Ma si infurieranno, quello sì."

Il signor Tarleton inorridì. "Non temeranno che siate in pericolo?"

Penelope si strinse nelle spalle. "Può darsi. Si

tratterà più che altro di un fastidio, perché la mia scomparsa ostacola l'intento, da parte di mio padre, di fidanzarmi con… di fidanzarmi." Per qualche ragione, Penelope non voleva rivelare al pastore l'identità dell'uomo che avrebbe dovuto sposare. Findon era un individuo orripilante e, dato che lei non lo avrebbe sposato, non c'era motivo di nominarlo, o anche solo di pensare a lui.

"Non conosco minimamente vostro padre, ma non riesco a credere che non vi farà cercare. Credo che sia meglio dare per scontato che lo farà."

"Come potrebbe mai trovarmi?"

"Dipende da ciò che sa. La richiesta di riscatto contiene indizi? Presumibilmente, vostro padre dovrà portare il denaro da qualche parte, e non mi stupirei se Maisie e Joseph avessero richiesto che il pagamento venga eseguito in St. Giles."

Penelope non aveva pensato di fare domande su dettagli come quello e ora si stava maledicendo. Anche se, probabilmente, non avrebbe avuto importanza anche se lei lo avesse fatto, dato che a quanto pareva Maisie non aveva mai avuto intenzione di seguire il piano. "Non sarebbe sciocco, da parte loro, far consegnare il riscatto nel luogo in cui mi trovo realmente?"

"Non possiamo dare per scontato che siano criminali incalliti." Il tono sarcastico dell'uomo la fece ridere sottovoce. "Avete una splendida risata."

Il calore le risalì lungo il collo e le sbocciò nelle guance. "Grazie." Era forse il complimento più piacevole che lei avesse mai ricevuto. Non aveva nulla a che vedere col suo aspetto o su ciò che indossava.

Il signor Tarleton si alzò e la sua altezza, paragonata a quella del soffitto, fece sembrare la stanza improvvisamente più piccola, la qual cosa rese Penelope ancora più consapevole della presenza dell'uomo. Della sua mascolinità e della sconvenienza della loro associazione. "Devo mandare mie notizie al mio staff, in modo da evitare di far credere loro che *io* sia scomparso."

"Cosa direte loro?" chiese Penelope.

"Che sono nascosto all'Uccello Vorace con la figlia di un marchese." Il parroco ridacchiò. "Chiedo scusa. Non volevo ridere della vostra situazione. Dirò loro che c'è una faccenda che richiede la mia attenzione per tutta la notte."

"Non lo troveranno bizzarro?"

"No. Capita, ogni tanto."

Penelope aveva un'idea delle incombenze a cui un parroco poteva trovarsi a far fronte. "Voi seguite gli ammalati?"

"A volte. Ogni tanto, una nuova madre chiede la mia presenza quando il suo bambino viene al mondo. Più spesso, mi viene chiesto di fare compagnia a una persona sul punto di intraprendere l'ultimo viaggio."

Penelope non aveva mai visto un morto. "Quanti ne avete… guidati?"

"Ho perso il conto. Ma oserei dire che non sono stato io a guidarli." La bocca dell'uomo si stiracchiò in un sorriso breve e vagamente triste. "Non è compito mio. Io do conforto, soprattutto ai vivi."

"Ho come la sensazione che siate molto occupato."

"Lo sono." Il tono di voce dell'uomo conteneva una calda soddisfazione. Sembrava che amasse il suo lavoro.

"È inusuale? Il parroco di Bramber non fa quasi nulla. Il suo curato, invece, è sempre di corsa, come se avesse i piedi in fiamme."

"Purtroppo, quella è una situazione fin troppo comune. Il mio curato direbbe la stessa cosa di sé." Il signor Tarleton sfoderò un ampio sorriso e Penelope quasi dimenticò l'argomento della conversazione.

Riprendendo il controllo per evitare di sciogliersi, lei disse: "Sì, mi ricordo che era lui – non voi – a correre di qua e di là per organizzare le donazioni che avevamo portato."

"Si chiama Tom. È con me da poco più di un anno, ma non so come farei senza di lui. Anzi, dovrò mandare un messaggio anche a lui, per informarlo che non sarò in chiesa domani mattina."

"Non voglio tenervi lontano dalla vostra chiesa."

L'uomo appoggiò le mani sullo schienale della sedia che aveva lasciato libera. "Non lo fate. Buona parte del mio lavoro – la più importante, davvero – è seguire i miei parrocchiani."

"Io non sono una dei vostri parrocchiani." Ma, all'improvviso, Penelope avrebbe voluto esserlo.

"Questo non ha importanza per me." Il signor Tarleton sollevò leggermente una spalla. "Io mi prenderò sempre cura di chi me lo chiede."

Penelope trattenne un sorriso. "Io non ve l'ho chiesto."

Il parroco ridacchiò di nuovo. "Vero. Ciò nonostante, avete bisogno di me, che mi vogliate o meno."

Che mi *vogliate*. Quel verbo – volere – le mandò un brivido lungo la spina dorsale.

"Come pensate di inviare quei messaggi?" chiese lei.

"Con ha un ragazzo che lavora in cucina. Lo manderò da Tom, dopodiché Tom potrà fare una corsa a casa mia e informare il mio staff."

Penelope rimase di stucco. "Vivete qui nella ladronaia?"

"Quasi. Vivo all'angolo tra Dyott e Gret Russel Street. Stavo tornando a casa quando vi ho vista."

Per la qual cosa lei gli sarebbe stata eternamente grata. "Cosa avrebbe fatto Joseph se voi non mi aveste visto?"

Il signor Tarleton lasciò la presa sulla sedia ed esalò pesantemente il fiato. "Non ne sono del tutto sicuro, ma non credo che vi avrebbe fatto del male. Joseph stava cercando di ottenere denaro. Molto probabilmente, avrebbe inviato una richiesta di riscatto a vostro padre."

Fino a quel momento, Penelope era riuscita a non pensare a cosa sarebbe potuto accadere, a come la sua ingenuità nel fidarsi di Maisie avrebbe potuto costarle ben più del denaro che aveva perso. Ma ora, un brivido le percorse le spalle e i suoi muscoli si contrassero. Sollevando lo sguardo a incrociare quello del signor Tarleton, gli rivolse un'occhiata schietta. "Grazie per avermi salvata."

"Non ringraziatemi ancora. Una volta che avremo organizzato un piano per spiegare quello che vi è accaduto e io vi avrò riaccompagnata sana e salva a casa, accetterò la vostra gratitudine. Ora andrò da Con per parlargli. Chiudete la porta dopo che me ne sarò andato e non aprite senza avere la certezza assoluta che dall'altra parte ci sia io."

"Userete una bussata speciale al vostro ritorno, in modo che io possa riconoscervi?" Penelope si rese conto che le sue parole sembravano civettuole. Non aveva mai civettato con nessuno in precedenza.

Qualcosa lampeggiò negli occhi dell'uomo – qualcosa che diceva che anche lui si era reso conto che lei stava civettando. "Mi riconoscerete."

Il parroco si voltò e si recò alla porta. Lei lo seguì e la tenne aperta mentre l'uomo usciva in corridoio.

"Torno subito," disse il signor Tarleton.

Penelope annuì, quindi gli chiuse la porta in

faccia. Quando il chiavistello fu tirato, appoggiò i palmi delle mani al legno vecchio. Graffi e scanalature segnavano la superficie, soprattutto attorno al chiavistello.

Recatasi al letto, sfiorò con le dita il copriletto liso. Un tempo doveva essere stato di un profondo color blu, ma ora era sbiadito fino a diventare quasi grigio. Penelope si chiese che aspetto avesse la stanza del signor Tarleton. Avrebbe dovuto indagare al ritorno dell'uomo.

Il parroco aveva messo in pausa la propria vita per aiutarla. Forse aveva avuto degli impegni, quella sera. Non era sposato e, come aveva detto, non aveva ancora trovato una donna che volesse sposare. Forse avrebbe dovuto partecipare a un evento sociale durante il quale avrebbe potuto trovarla. Forse Penelope aveva interrotto il giorno più importante della sua vita.

Un lieve bussare la colse alla sprovvista. Allontanò la mano dal copriletto e fissò la porta, chiedendosi se avesse sentito davvero qualcosa. Quindi, il suono giunse di nuovo.

Penelope attraversò la stanza in punta di piedi, calpestando il legno con passo leggero. Una volta davanti alla porta chiese: "Chi è?"

"Sono il parroco, figliola."

Figliola? La voce aveva un accento strano. Irlandese, forse. Di sicuro quello non era il signor Tarleton.

Piuttosto che provocare l'uomo, Penelope rimase in silenzio. Rimase anche vicino alla porta e premette persino l'orecchio contro il legno.

L'uomo bussò nuovamente, più forte questa volta, facendola sobbalzare. "Apri!" Provò il chiavistello e i suoi sforzi smossero la porta. Penelope indietreggiò, temendo che l'intruso avrebbe sfondato le sue deboli difese.

Dov'era il signor Tarleton?

Un grugnito penetrò attraverso la porta e Penelope si avvicinò di nuovo, questa volta senza appoggiare l'orecchio al legno. I rumori di una colluttazione erano inconfondibili, ma lei non aveva idea di chi fossero i contendenti. Dovette dare per scontato che si trattasse dell'irlandese e del signor Tarleton. Sperava che fosse il signor Tarleton. E tuttavia, al tempo stesso non voleva che egli si facesse del male, soprattutto non a causa sua.

Un forte tonfo la costrinse a indietreggiare ancora una volta dalla porta, il suono del suo cuore in tumulto che le martellava nelle orecchie. Poi giunse un altro bussare, più determinato del precedente. "Lady Penelope?"

Lei riconobbe la voce del signor Tarleton e trasse un sospiro di sollievo. Ma era meglio verificare. "Chi è?"

"Hugh."

Hugh. Suonava quasi come *you.* Penelope sorrise. "Non sono io. Io sono qui."

Ci fu un momento di silenzio; poi: "Questa non l'avevo mai sentita. La vostra arguzia è stupefacente."

Penelope sorrise. "Devo aprire la porta, signor Tarleton?" Chissà, forse ora avrebbe dovuto chiamarlo Hugh.

"Sì, per favore."

Penelope tolse il chiavistello e aprì la porta. Il signor Tarleton era in piedi tra lei e la sagoma supina di quello che, presumibilmente, doveva essere l'irlandese. Penelope ebbe un sussulto. "Cos'è accaduto?" Vide chiaramente che l'uomo respirava, ma che aveva gli occhi chiusi.

Il signor Tarleton lanciò un'occhiata all'irlandese. "Quando ho visto che stava cercando di entrare, l'ho colpito. Lui ha cercato di rispondere per le rime, ma è decisamente ubriaco. L'ho colpito di nuovo e si è schiantato a terra come un albero abbattuto. Ha cercato di rialzarsi, ma io l'ho convinto a restare dov'è. Se la caverà."

A conferma di quelle parole, un forte russare cominciò a diffondersi per il corridoio.

Il signor Tarleton prese un cesto posato accanto alla porta e lo consegnò a Penelope. "Tenete, mentre io mi libero di questo fastidio. Tenete la porta chiusa fino a quando non sarò tornato. Ci vorrà solo un momento."

Penelope prese il cesto e guardò il parroco voltarsi e chinarsi sull'uomo. Afferrato l'irlandese per le ascelle, il signor Tarleton lo trascinò verso le scale. Lì si fermò e guardò Penelope. "Chiudete la porta."

Stringendo più saldamente il cesto, Penelope fece un passo indietro e chiuse la porta. Ora capiva perfettamente quanto fosse stata sciocca ad accettare l'offerta di aiuto di Maisie. Se non fosse stata così ansiosa di sfuggire al futuro organizzato dai suoi genitori, si sarebbe resa conto di come sarebbero potute degenerare le cose. Se non fosse stato per il signor Tarleton...

Cominciò a fremere mentre cercava di tirare il chiavistello, le mani che tremavano per la fretta e il turbamento. Sentendosi un po' stordita, portò il cesto al tavolo, per poi restare lì in piedi e fissare la finestra senza vedere nulla.

Poco dopo, una bussata la fece sobbalzare. "Sono io. Tarleton." Non più Hugh, dunque.

Penelope posò il cesto e si recò alla porta. "Come faccio a sapere che siete voi?"

"Che io sappia, considerate il sapore della birra eccessivamente amaro. Chi altri ne è a conoscenza?"

Nessuno.

Penelope tolse il chiavistello e fece entrare l'uomo. "Prometto di non burlarmi mai più del vostro nome."

L'uomo incrociò il suo sguardo e si voltò bruscamente verso la porta. "Non è per questo che non ho detto Hugh. Avevo dimenticato... Per voi, io sono il signor Tarleton."

Sì, lo era.

Il parroco chiuse la porta e tirò nuovamente il chiavistello prima di voltarsi di nuovo. Si sfregò le mani come se le avesse appena lavate.

"Grazie," disse Penelope, sentendosi meglio ora che l'uomo era di nuovo con lei. "Ancora. Quando penso a cosa sarebbe accaduto se voi non aveste camminato per la strada proprio in quel momento..." Ricominciò a tremare.

"Non lascerò che vi accada nulla. E non vi lascerò da sola in questa stanza."

Penelope cercò conferma delle sue parole. "Significa che rimarrete qui con me?"

Lo sguardo fisso con cui lui le rispose svegliò cose nel suo cuore che lei non aveva mai sperimentato. Voglia. Desiderio. Tentazione. "Sì."

Penelope avrebbe dovuto rifiutare, insistere affinché l'uomo rimanesse nella propria stanza, e tuttavia non trovò il coraggio di farlo. Era scandaloso condividere quella stanza con lui... nel modo in cui lei aveva già fatto, figurarsi per una notte. E tuttavia, lei era disposta a scommettere il poco denaro che non aveva pagato a Maisie che il signor Tarleton era un uomo d'onore. Lo aveva capito dal modo in cui egli aveva parlato a Joseph e dal modo in cui parlava dei suoi parrocchiani. Penelope non aveva conosciuto molti uomini come lui. Anzi, non era sicura di averne conosciuto nessuno.

Le braccia del signor Tarleton la circondarono

e la attirarono al suo petto. "Va tutto bene. Prometto che non vi lascerò mai più."

Penelope inclinò la testa all'indietro e lo guardò. Sapeva che il parroco stava parlando di quella notte. L'indomani, l'avrebbe lasciata; doveva farlo.

Incredibilmente, lei temeva già quel momento.

ugh avrebbe dovuto lasciarla andare. Probabilmente non avrebbe mai dovuto abbracciarla. Tuttavia, quando l'aveva vista tremare e aveva udito la trepidazione e la gratitudine nella sua voce, aveva agito senza riflettere.

Proprio come aveva fatto prima, quando aveva impedito a Joseph di rapirla.

Era stato sincero: non l'avrebbe lasciata mai più sola. Quando pensava a ciò che sarebbe potuto accadere se l'irlandese fosse riuscito a entrare nella sua stanza, quasi tremava per la paura e per la furia. In qualche modo, nel brevissimo periodo da che la conosceva, Hugh aveva sviluppato un bisogno appassionato di proteggerla. Sarebbe stato allarmante, se non fosse stato così… *giusto*.

Ma Hugh l'avrebbe lasciata, quando l'avrebbe riconsegnata ai genitori l'indomani. Eppure, non voleva farlo: quei due sembravano persone orribili. Cosa se ne sarebbe fatto il padre di lady Penelope, che la vedeva come un semplice mezzo per arricchirsi, di una figlia rovinata?

Le accarezzò la schiena mentre la abbracciava. "Avete fratelli o sorelle?" chiese, curioso della sua famiglia e del fatto che lei fosse o meno l'unico oggetto delle attenzioni dei suoi genitori.

La giovane, dal canto suo, parve felice di restare tra le sue braccia. "Un fratello minore. È a Cambridge. Mio fratello maggiore è morto circa due anni fa, dopo una lunga malattia."

Hugh sapeva com'era perdere un parente stretto. "Mi dispiace."

"Mio padre è rimasto distrutto. Lui e Henry erano molto vicini." La voce della giovane era quasi priva di emozione.

Hugh si staccò leggermente, in modo da poterla guardare. "Devo dedurne che voi *non* eravate vicini?"

"Quando eravamo più giovani. È solo che..." Lady Penelope scosse la testa contro di lui. "I miei genitori trattano i loro figli maschi in maniera molto diversa da come trattano me. Nonostante il lutto, non hanno mancato di comunicarmi la loro delusione per il fatto che il mio debutto andasse rinviato di due Stagioni."

Più Hugh sentiva parlare dei genitori della giovane, meno aveva voglia di conoscerli. Ma probabilmente avrebbe dovuto farlo lo stesso, quando l'avrebbe riportata a casa. Scacciò quel pensiero.

Il bisogno di continuare a tenerla al sicuro, di proteggerla da ogni pericolo fisico o meno, era travolgente. Si costrinse a lasciarla andare. Se non lo avesse fatto in quell'istante, forse non lo avrebbe fatto mai più. Lei era morbida e con le curve nei punti giusti, e gli ricordava da quanto lui non godeva di compagnia femminile. La notte si estendeva di fronte a loro, lunga e tentatrice.

Hugh fece un passo indietro e si recò al cesto sul tavolo. "Qui ci sono pane, formaggio, brandy e carte," disse.

"Brandy? Non ho mai bevuto del brandy." Lady Penelope lo raggiunse al tavolo.

Hugh estrasse la bottiglia dal cesto, assieme a due bicchieri, e posò il tutto sul tavolo. "Non posso promettervi che sarà migliore della birra, ma non è amaro. Ve ne verso un bicchiere?"

"Sì, per favore." La giovane si sedette.

Hugh versò un goccio di brandy nei bicchieri e ne porse uno a lady Penelope. "Parliamo di come avevate in mente di tornare a casa domani."

Mentre la giovane beveva un sorso di brandy, le sue narici si dilatarono leggermente. Quindi, i suoi occhi si spalancarono mentre rimetteva il bicchiere sul tavolo. "Decisamente, non è amaro. Ma... è forte." Si appoggiò allo schienale mentre lui le si sedeva di fronte. "Volevo prendere una vettura pubblica per tornare a Mayfair. Avevo intenzione di dire ai miei genitori che ero stata attirata fuori dal museo dal grido di un bambino e lì rapita."

Che quello fosse uno scenario credibile o meno – e, probabilmente, lo era – quelle due ci avevano riflettuto su a lungo. "E per quanto riguarda la vostra fuga?"

Lady Penelope gli rivolse un'occhiata imbarazzata. "Maisie aveva detto che ci avremmo pensato dopo esserci trovate oggi pomeriggio."

"Peccato che lei non si sia presentata." Hugh aveva intenzione di trovare Maisie, se possibile, e di instillarle un po' di buonsenso a parole prima che facesse qualcosa che si sarebbe rivelato controproducente per lei stessa. Inoltre, voleva metterla di fronte alla responsabilità di aver truffato lady Penelope. Non solo l'aveva ingannata, ma si era approfittata di lei in un momento di solitudine e disperazione. Infine, avrebbe recuperato il denaro di lady Penelope – sempre che Maisie non avesse già speso la sua parte, come aveva fatto Joseph – e glielo avrebbe restituito.

"No, e ora devo chiedermi se lei abbia mai davvero voluto andare fino in fondo, o se il suo piano sia sempre stato nefando."

Hugh pendeva per la seconda possibilità. "Penso che Maisie abbia intravisto l'occasione di incrementare il proprio guadagno realizzando sul serio il rapimento e la richiesta di riscatto, e che per farlo abbia avuto bisogno dell'aiuto di Joseph. Ma il vostro piano dovrebbe funzionare comunque."

"Ma lo farà?" chiese lady Penelope. "E se Maisie non avesse mai mandato le richieste di riscatto?"

Era possibile, forse persino probabile. Hugh udì la mestizia nella voce di lady Penelope e non volle dirlo. "Trascorrerete comunque una notte lontana da casa. Non sarà sufficiente a rovinarvi?"

"Può darsi."

Hugh avrebbe potuto garantirle ciò di cui aveva bisogno. Invece, si concentrò su ciò in cui *poteva* esserle d'aiuto. "Decidiamo il modo in cui sareste fuggita. Avete visto chi vi ha rapita?" Sorseggiò il suo brandy.

"No, mi hanno coperto la testa con un sacco." Le labbra piene della giovane si allargarono in un mezzo sorriso. "La qual cosa è vera, peraltro."

Hugh non riusciva a sorridere di quello; non ancora e, forse, mai. Aveva mantenuto la freddezza quando aveva parlato con Joseph, ma avrebbe voluto strangolarlo. "Vi hanno tenuto la testa nel sacco e vi hanno legata per evitare che lo rimuoveste? È meglio che non possiate identificare nessuno, in modo che la vostra famiglia non abbia nessuno su cui vendicarsi."

Lady Penelope annuì, poi si accigliò. "Se mi hanno legata, come ho fatto a liberarmi?"

"Divincolandovi?" suggerì lui. "I vostri rapitori non erano molto bravi a fare i nodi."

La giovane gongolò. "Non erano granché come rapitori, vero?"

Ora sì che Hugh sorrise. Era impossibile ignorare la risata di lady Penelope. "A quanto pare, no."

"Poi cosa è accaduto?"

"Siete riuscita a uscire e siete rimasta completamente disorientata…" Hugh rifletté per un istante, quindi fu colpito dall'ispirazione. "Fino a quando non avete visto la guglia della mia chiesa."

"Che ho riconosciuto subito, essendo già stata laggiù!" In preda all'entusiasmo, lady Penelope si sporse in avanti. "Sono andata in chiesa in cerca di aiuto."

"E lì avete incontrato me, che vi ho portata a casa."

La giovane lo guardò titubante. "Sì? Lo farete?"

"Certo. Vi ho detto che non vi avrei lasciata mai più sola ed ero sincero."

Lady Penelope si ritirò completamente sulla sua sedia e chiuse la mano attorno al bicchiere di brandy. "Ma lo farete."

A Hugh parve di cogliere una nota di disappunto. Questo significava che la giovane detestava l'idea che il loro rapporto finisse così? "Devo farlo, ma non sparirò. Di sicuro, voi tornerete alla chiesa. Magari parteciperete persino alla messa."

La giovane esitò. "Non posso promettervi nulla. Non so esattamente cosa faranno i miei genitori al mio ritorno. C'è finanche il rischio che mio padre mi mandi da sua cugina nel Lancashire."

Hugh udì la speranza nella voce di lady Penelope mentre, al tempo stesso, veniva colto da un lampo di angoscia. Il Lancashire era molto lontano. Non l'avrebbe mai più rivista.

"Magari avrò modo di venire a messa prima di

partire. Mi piacerebbe vedervi sul pulpito." Lady Penelope lo trafisse con un'occhiata interessata, la testa leggermente inclinata. "Perché avete deciso di diventare parroco?"

"In quanto terzo figlio del terzo figlio di un visconte, non avevo molte possibilità. La mia famiglia voleva che intraprendessi la carriera militare, ma già a nove anni ero più interessato a salvare vite che a distruggerle."

"Perché non siete diventato medico?"

"Ci ho pensato, ma volevo aiutare più dei corpi delle persone. Volevo aiutare le loro anime." Hugh aveva sofferto terribilmente alla morte di sua madre e aveva ricevuto ben poco conforto.

"Le loro anime," mormorò lady Penelope. "È bellissimo."

Hugh non l'aveva mai davvero vista in quel modo, ma sentirlo dire con reverenza e ammirazione da lady Penelope gli faceva pensare che fosse possibile, anche se non vero. "Non so se lo sia, ma mi sembrava… necessario. Per me, quantomeno. I miei parenti sono gente ambiziosa e credevano che avrei dovuto aspirare a qualcosa di più che a prendere i voti. Come voi stessa avete accennato, la mia professione non è sempre nota per la sua diligenza."

"Di sicuro loro sapevano che sareste diventato un uomo di Chiesa di tutt'altro genere."

"Questo non ha impedito loro di pensare che sarei stato migliore come soldato, o magari come avvocato." Hugh si appoggiò allo schienale della sedia. "Hanno imparato ad accettarlo."

"Ma chi sono queste persone di cui stiamo parlando?" chiese lady Penelope. "Avete accennato a vostra madre. E vostro padre? I vostri fratelli maggiori?"

Hugh pensò alla sua famiglia, che vedeva solo

una volta all'anno, quando andava bene. Ma si scrivevano spesso e c'era una sorta di amore severo tra loro, anche se non ne parlavano mai. "Mio padre è morto circa cinque anni fa. Ho due fratelli maggiori, una sorella maggiore e una sorella minore. Sono tutti sposati e con delle famiglie loro."

"Non hanno avuto problemi a trovare un coniuge... a differenza di voi," osservò lady Penelope. "Non che voi abbiate davvero *problemi*."

"Nessun problema, no. Semplicemente, non me ne sono curato troppo. Forse perché non ho ancora conosciuto la donna che mi spingesse a farlo." Hugh non aveva inteso parlare in maniera civettuola o insinuare che lady Penelope potesse essere quella donna, ma non riuscì a non pensare alla possibilità... il che era assurdo. Lei era figlia di un marchese e, rovinata o meno, non avrebbe dovuto esserle permesso di sposare il parroco di St. Giles.

Lady Penelope annuì comprensiva. "Nemmeno io l'ho conosciuta... cioè, conosciuto." Voltò la testa e fissò fuori dalla finestra, le mani che stringevano il bicchiere di brandy. "Voglio solo trovare la persona giusta."

Il corpo di Hugh pulsava per l'attesa. "Anch'io."

Lady Penelope lanciò un'occhiata nella sua direzione. "Chi è la persona giusta? Secondo voi."

Hugh ignorò il desiderio che andava accumulandosi nel suo ventre. La possibilità che aveva immaginato un istante prima mise radici. Era incredibilmente attratto da lady Penelope e, a ogni momento che passava, il legame tra di loro diventava più forte. Anche lei se n'era accorta? "Vorrei una moglie che, soprattutto, voglia aiutare gli altri, in particolare coloro che non sono in grado di aiutarsi da soli. Dovrebbe essere intelligente, altruista e, se non è chiedere troppo, possedere una buona arguzia."

"Perché sarebbe chiedere troppo?"

Hugh si strinse nelle spalle. "Spesso mi dicono che dovrei ridere di più. Una moglie dotata di un senso dell'umorismo sarebbe senza dubbio d'aiuto."

"Chi ve lo dice?"

"Tom, il mio curato. La mia governante. Le mie sorelle."

"I vostri fratelli no?"

"Non oserebbero. Ridono ancora meno di me." Hugh fece un sorrisetto, soprattutto quando cercò di pensare a Gabriel, il più anziano dei suoi fratelli, nell'atto anche solo di ridacchiare.

"Sto cercando di ripensare a oggi e non ricordo di avervi sentito ridere. Una risatina, forse, ma nulla più."

"Sempre di una risata si tratta." Hugh inclinò la testa. "Voi, invece, avete riso genuinamente quando abbiamo parlato di Maisie e di Joseph." Il ricordo di quel suono caldo gli strappò un sorriso.

Gli occhi di lady Penelope brillavano di qualcosa che avrebbe potuto essere divertimento. "Grazie al vostro sarcasmo."

"Nella casa in cui sono cresciuto, il sarcasmo era la fonte principale di umorismo."

"Nella mia non c'è mai stato alcun genere di umorismo, sarcastico o meno." La giovane lanciò un'occhiata verso la finestra, quindi gli rivolse una rapida occhiata. "Quello non era sarcasmo, a proposito, ma capisco perché potreste pensare che lo fosse."

No, Hugh non lo pensava. Lady Penelope aveva tracciato un quadro fosco della propria famiglia.

Riportò la conversazione al punto da cui era deviata. "Io vi ho parlato della moglie che sto cercando. Quali sono i vostri requisiti in un marito?"

"La gentilezza." La parola uscì rapida, ma tenue, dalla bocca della giovane, e Hugh attese che lei continuasse. Non lo fece. Invece, prese il bicchiere e bevve dell'altro brandy.

Prima che Hugh potesse parlare, la giovane prese a frugare nel cesto. Presa una fetta di pane, disse: "Mangiamo il pane e il formaggio?"

Hugh trovò il formaggio e ne ruppe un pezzo, che diede a lady Penelope. Lei tese la mano e le dita di Hugh le sfiorarono la pelle mentre lui le dava il formaggio. I loro sguardi si incrociarono e la sua mano si soffermò per un istante su quella di lei, prima che lui si costringesse ad allontanarla.

Hugh si tenne occupato con una fetta di pane e un pezzo di formaggio. Mangiarono per qualche istante e lui riassunse mentalmente ciò che sapeva della giovane.

Lady Penelope aveva – con l'aiuto di un'altra persona – steso un piano per rovinarsi allo scopo di evitare il matrimonio. E tuttavia, non era del tutto contraria all'idea del matrimonio e desiderava un marito che fosse gentile. Proveniva da una famiglia fredda, aveva un modo di fare incantevole e aveva persino *civettato* con lui. Lady Penelope era una giovane complicata e Hugh si chiese se potesse anche solo cominciare a dipanare i suoi segreti nella notte che avevano di fronte.

Si chiese anche se avrebbe dovuto tentare.

Ma perché no? Cos'altro potevano fare, se non giocare a carte?

E poi, voleva farlo. Disperatamente.

Con la coda dell'occhio, vide il letto. Una notte da solo con una bella donna in una stanza con un letto sarebbe stata, in condizioni normali, una situazione piacevole, soprattutto per un parroco che aveva goduto raramente della compagnia femminile da quando era diventato diacono, sei anni prima, e che non ne aveva avuta per niente da quando era diventato parroco di St. Giles. All'inizio, ciò era accaduto semplicemente perché lui era molto impegnato e dedito al suo lavoro. Tuttavia, dopo qualche mese era divenuto evidente che avrebbe potuto dare l'esempio agli abitanti di St. Giles abbracciando la virtù della castità. Non era sempre facile, soprattutto in quel particolare momento.

"Adoro il formaggio," disse lady Penelope, con una soddisfazione incantevole.

"Sì? Quali tipi?"

"Tutti, ma soprattutto il formaggio spalmabile. Probabilmente, lo metterei su tutto, se potessi."

"Su tutto? Immagino che, per voi, esso migliorerebbe il sapore della birra."

La giovane era sul punto di mangiare un boccone di pane e formaggio, ma si fermò. E ridacchiò, un suono che colmò i sensi di Hugh e lo fece sorridere a sua volta. "Sì, oserei dire di sì." Le sopracciglia di lady Penelope si inarcarono per un attimo mentre concludeva il morso lasciato in sospeso.

"Anche io gradisco il formaggio, ma è praticamente doveroso, considerato che vengo dal Wiltshire. Il mio preferito, tuttavia, è lo Stilton."

"Mmm." Lady Penelope premette le labbra per emettere quel suono e Hugh avrebbe potuto giurare di sentirlo fino in fondo allo stomaco. "All'inizio non mi piaceva; era troppo forte. Ma temo che non esista formaggio che io non sia disposta a divorare."

Lo disse con tale convinzione e fervore che, per un breve istante, lui avrebbe voluto diventare un pezzo di formaggio. La qual cosa era assolutamente assurda. E sconvolgente. No, la parte sconvolgente era il modo in cui lady Penelope, una signorina dell'alta società, lo stava ammaliando. Era vivace, intelligente e benevola.

Hugh si mise comodo sulla sedia mentre la osservava. "Ora capisco perché volete un marito gentile."

"Perché?" chiese lady Penelope, con una nota di ansia nella voce.

"Perché voi avete un cuore gentile." Il momento si prolungò mentre loro due si guardavano senza dire nulla. Qualcosa si accumulò nel petto di Hugh, qualcosa che lo fece sentire al caldo e protettivo e... entusiasta per la nottata che aveva di fronte.

Prese le carte dal cesto. "Giochiamo a picchetto?"

CAPITOLO 4

"Ho vinto ancora!" Penelope rise di gusto.

Il signor Tarleton raccolse le carte e cominciò a mescolarle. "Siete sicura di non aver mai giocato prima?"

Penelope scosse la testa. "I miei genitori sostengono che i giochi di carte non siano appropriati per le giovani signore e che potrò giocare quando sarò sposata." O perlomeno, quella era la regola su cui insisteva sua madre, probabilmente per giustificare la propria passione per le carte e al tempo stesso negare il gioco a Penelope. "Quali altri giochi conoscete?"

Il pastore esalò il fiato. "Dozzine. Giocavamo molto spesso, a casa mia. I membri della mia famiglia sanno essere spietati."

Sembrava splendido. "Spero che me ne insegnerete un altro."

"Certo. Credo che presto arriverà la nostra cena." L'uomo mise da parte le carte, assieme alle altre che aveva tolto dal mazzo per giocare a picchetto. "Perché i giochi di carte non sarebbero appropriati per le giovani signore?"

"Perché non mi aiuteranno a trovare marito."

"Cosa vi è permesso di fare?"

"Ballare, suonare il pianoforte, ricamare, dipingere e cavalcare." Penelope rifletté per un istante. "Sì, credo che sia tutto. Oh, e fare acquisti. Mi è permesso fare acquisti, ma solo in compagnia di mia madre, ed è lei a decidere ogni singolo articolo, per cui non la considero un'attività piacevole."

"Le altre sì?" chiese il signor Tarleton, con grande interesse.

Penelope adorava parlare con lui. L'uomo ascoltava con grande curiosità e amichevolezza; lei non si era mai resa conto che avere qualcuno che *la ascoltava* fosse tanto rinfrancante. "Mi piace dipingere e ricamare. Forse anche cavalcare."

"Forse?"

"Non mi è mai permesso di andare molto veloce, per cui non è divertente come credo potrebbe essere. Voi andate a cavallo?"

"Non molto spesso, ora che vivo qui."

"Siete troppo occupato," disse lei. "Cosa fate per svagarvi? O non avete il tempo di farlo?"

"La maggior parte dei miei svaghi derivano dal tempo trascorso coi miei parrocchiani. A volte giochiamo a carte tutti insieme in chiesa. La mia gioia deriva soprattutto dall'andare a trovare le persone in casa loro. Mi invitano a cena, o in occasioni speciali."

"Come i banchetti nuziali? Immagino che celebriate molti matrimoni."

"È vero," disse sorridendo il pastore. "Ammetto che è uno degli aspetti migliori del mio lavoro. Nessuno è felice tanto quanto il giorno del suo matrimonio."

Un'immagine del giorno del matrimonio di Penelope le esplose nella sua mente. La sua pelle divenne fredda e sudaticcia e i suoi muscoli si serrarono. Quel giorno era imminente. O lo sarebbe stato, se lei non avesse fatto in modo di sparire.

L'espressione di Hugh si incupì. "Cosa c'è?"

Aveva imparato a leggere i suoi stati d'animo fin troppo bene. Penelope fece per bere un sorso di brandy, ma aveva il bicchiere vuoto. "Nulla." Posò la mano aperta sul tavolo.

"Non vi credo, ma non voglio insistere. È chiaro che ha qualcosa a che vedere con un matrimonio." Il pastore fece una breve pausa, osservandola. "State pensando all'uomo col quale eravate fidanzata?"

Le viscere di Penelope fecero un tuffo carpiato e lei temette che avrebbe rigettato brandy, pane e formaggio. L'immagine del matrimonio riapparve e il viso lascivo e rugoso del duca di Findon si allargò nella sua mente fino a quando lei non chiuse gli occhi nel tentativo di scacciarlo.

"Sì." La parola mormorata le uscì spontanea dalle labbra. E tuttavia, pronunciarla alleviò il peso. Il volto di Findon scomparve.

Un tepore avvolse la sua mano quando il palmo di quella di Hugh la coprì. Penelope aprì gli occhi, non per guardare lui, ma per guardare le loro mani che si toccavano. Non riusciva nemmeno a vedere la sua sotto quella di lui. Ancora una volta, la protezione dell'uomo le dava conforto e lei si crogiolò in essa.

"Non dovete per forza parlarmi di lui. È palese che non volete sposarlo e che il pensiero di farlo vi provoca un profondo turbamento." Ora Penelope spostò lo sguardo in quello di Hugh. L'empatia nelle profondità dei suoi occhi per poco non fu la sua rovina. "Mi dispiace."

Penelope avrebbe dovuto ritrarre la mano, ma non riuscì a convincersi a farlo. "Grazie. Non dovrò sposare quell'uomo. Non dopo questo."

"Ritirerà la sua proposta?"

Era quello che si aspettava Penelope. Findon aveva messo in chiaro di volere una sposa giovane e intatta. Una notte trascorsa a St. Giles lo avrebbe certamente dissuaso.

Il calore della mano del parroco penetrò in quella di Penelope, dandole forza. E, forse, coraggio. "Credo di sì. Non vorrà una sposa macchiata."

Le sopracciglia del signor Tarleton spiccarono praticamente un balzo. L'uomo cambiò posizione e premette leggermente la mano contro la sua. "Avete intenzione di dirgli che siete stata... compromessa?"

"Se necessario. Ma il sottinteso è già presente. È proprio questo il senso dell'intero piano." Penelope guardò le loro mani, ancora congiunte, ma non in maniera davvero soddisfacente. Avrebbe voluto voltare la mano in modo che fossero palmo contro palmo, ma a quanto pareva, il coraggio che aveva riesumato per parlare di Findon era tutto quello che aveva. "Sono già stata fidanzata – più di un anno fa – ma lui è morto. Questa è la mia prima Stagione e io avrei dovuto trovare marito. Non essendoci riuscita, i miei genitori hanno combinato un matrimonio per me."

Il signor Tarleton si accigliò. "Non sono un esperto, ma mi sembra che molte persone non si sposino durante la loro prima Stagione."

Penelope irrigidì la schiena contro lo schienale della sedia e adottò un tono di voce estremamente sprezzante, a imitazione di quello di sua madre. "Ma *io* non sono molte persone." Rilassando le spalle, mosse le dita. Forse poteva trovare il coraggio di voltare la mano.

Ma il movimento spinse il pastore ad allontanare la sua. Aria fredda soffiò sulle nocche di Penelope. Lei avrebbe voluto allungare la mano e afferrare di nuovo quella dell'uomo, ma non lo fece.

Delle grida provenienti dall'esterno spinsero entrambi a voltarsi verso la finestra. Il signor Tarleton si allungò per guardare in strada. "C'è una rissa." Si allungò ancora di più, fino a quando la sua testa non toccò quasi il vetro.

Penelope si alzò e cercò di vedere cosa stesse accadendo. "Dove sono andati?"

La bocca dell'uomo si raddrizzò in una linea cupa mentre egli si ergeva in tutta la sua altezza. "Credo che siano di sotto."

Uno schianto proveniente dal piano inferiore la fece sobbalzare. "Rimarranno di sotto?"

"Speriamo." Il pastore si recò alla porta e controllò il chiavistello, quindi si voltò verso di lei. "Non avvicinatevi alla finestra."

L'allarme si diffuse in lei, che si ritirò fino al caminetto. "Perché?"

"Per sicurezza. A volte, le persone si lasciano trasportare."

Penelope non era del tutto sicura di aver capito, ma probabilmente Hugh si riferiva al fatto che qualcuno avrebbe potuto lanciare oggetti e rompere la finestra. Aveva visto di persona quanto poteva essere pericolosa St. Giles. Un altro schianto la fece sussultare. "Devo ammettere di essere lieta che voi abbiate insistito per rimanere qui con me."

Il signor Tarleton attraversò la stanza e la raggiunse vicino al caminetto. "Anch'io. Vi prometto che sarete al sicuro." Allungò una mano e lei fu certa che intendesse prendere di nuovo la sua. Il battito del suo cuore, già rapido, accelerò nell'anticipazione del tocco dell'uomo…

Poi qualcuno bussò alla porta.

Il signor Tarleton si voltò e attraversò velocemente la stanza.

"Tarleton, aprite."

Penelope non riconobbe la voce e, considerati i rumori turbolenti che provenivano dal piano di sotto, non le sembrava saggio fare come diceva l'uomo. E tuttavia, il parroco aprì la porta.

Il signor Tarleton scambiò qualche parola, con voce a malapena più alta di un sussurro, con chiunque fosse la persona in corridoio, poi chiuse rapidamente la porta e tirò il chiavistello. Si voltò verso Penelope. "C'è una rissa al piano di sotto."

"Capisco." Penelope sperava che rimanesse al piano di sotto.

"Dovrebbe andare tutto bene, se rimaniamo. Qui. Speriamo che tutto passi senza incidenti."

Dovrebbe andare bene? Speriamo? La preoccupazione di Penelope si trasformò in ansia. "Sembrerebbe che ci siano già stati, gli incidenti." Un forte schianto sottolineò la sua affermazione.

Il signor Tarleton lanciò un'occhiata alla porta con aria irrequieta, il disagio inciso nelle linee attorno alla sua bocca e nei solchi profondi sulla sua fronte. "Sembrerebbe di sì."

"Devo dire che non amo parole come 'speriamo' e 'dovrebbe,'" disse Penelope.

"Nemmeno io. Ma Con – era lui alla porta – ha ragione. Le risse scoppiano e si risolvono sempre da sole. Se restiamo qui, probabilmente andrà *davvero* tutto bene."

Penelope incrociò le braccia. "Avete detto di nuovo *probabilmente*."

Il signor Tarleton si mise subito di fronte a lei. E le prese la mano. Il suo tepore e la sua forza le diedero subito conforto. "Anche se la rissa dovesse spostarsi al piano di sopra, io vi proteggerei. Non vi succederà nulla, qui". Le accarezzò la pelle col pollice.

Penelope era consapevole del suo tocco come

non lo era mai stata del tocco di un uomo in passato. Era qualcosa che andava oltre il conforto, che aveva sulle sue viscere l'effetto che l'uomo aveva avuto per tutto il tempo. La rigidità che Penelope manteneva quasi sempre si allentò di nuovo. Afferrò più saldamente la mano dell'uomo.

"Vi sbagliate," mormorò.

La bocca del pastore si curvò verso il basso. "Non credete che io sia in grado di proteggervi?"

Lei lo guardò. "Ci credo eccome. Non ho mai creduto in nulla altrettanto fortemente. Vi sbagliate nel dire che non succederà nulla. Qualcosa è già successo."

Il legame tra di loro, che prima aveva fatto scintille e che non si era che rafforzato durante le ore che avevano trascorso insieme, si fece più intenso. "Cosa?" La domanda, bassa e cupa, riecheggiò dentro di lei.

"Voi."

~

*H*ugh fu travolto dal desiderio. Il calore che emanava dalle loro mani giunte lo travolse e ci volle un vero e proprio sforzo per non attirare a sé la giovane.

Lady Penelope aveva ragione: qualcosa era successo. E stava ancora succedendo.

La notte li attendeva, piena di attese e di scoperte. Una notte di tentazione.

Ripensò a tutto quello che la giovane gli aveva detto, del suo piano di essere rovinata, di indurre la sua famiglia a pensare che fosse stata *davvero* rovinata. Lui avrebbe potuto realizzarlo, se lei avesse voluto. E non era del tutto sicuro che non lo volesse.

Era stata lei a risvegliare i suoi appetiti, ad attirare l'attenzione su qualunque cosa fosse ciò che si era sviluppato tra di loro nel corso delle ultime ore. Hugh avrebbe potuto liquidare la loro affinità al fatto che due persone si fossero incontrate in circostanze difficili e si fossero ritrovate intrappolate in un ambiente ristretto.

Ma lui non si sentiva in trappola. Non c'era luogo in cui avrebbe preferito essere se non al fianco di Penelope.

Sollevò la mano libera e sfiorò con delicatezza l'orlo della mascella della giovane. La pelle di lei era morbida e liscia. Calda. Le sue labbra si schiusero e il desiderio di Hugh si intensificò, concentrandosi nel suo inguine. Lady Penelope era di una bellezza squisita, gli occhi scintillanti color ambra incorniciati da ciglia color della notte.

Le parole gli vennero completamente meno. Come avrebbe potuto reagire a ciò che lei aveva detto? Baciandola...

Un bussare alla porta arrestò i suoi pensieri e la lenta degenerazione della sua mente. Non si era nemmeno reso conto di essere sul punto di posare le labbra su quelle della giovane. Ma considerato il modo in cui lady Penelope aveva distolto lo sguardo dalla sua bocca, *lei* se n'era accorta.

Rammarico e irritazione invasero Hugh mentre si allontanava da lei e le lasciava la mano. Si recò a grandi passi alla porta e rispose quasi ringhiando all'intruso.

"Chi c'è?" chiese lady Penelope, strappandolo al suo fastidio.

Senza riflettere, Hugh aveva quasi aperto la porta. Fu allora che si rese conto che il fracasso al pianterreno era cessato. "Chi è?" chiese.

"Ho portato la cena," rispose una voce femminile.

Con cautela, Hugh tolse il chiavistello e aprì la

porta di uno spiraglio. In corridoio c'era la cameriera che li aveva serviti al piano di sotto.

Hugh allargò la porta. "Entrate."

La donna gli rivolse un sorriso veloce, poi si recò al tavolo, dove posò una lanterna e i piatti coperti presi dal vassoio. Quindi, appoggiò sul tavolo una bottiglia di vino. "Non ho portato degli altri bicchieri." Il suo sguardo si posò sui bicchieri che loro due avevano usato per il brandy.

"Va bene così," disse Hugh.

La giovane donna accese le candele nella stanza, poi prese il cesto dal pavimento, dove Hugh lo aveva posato quando avevano cominciato a giocare a carte. Spostò lo sguardo da lui a lady Penelope e di nuovo a lui. "C'è altro che posso fare per voi?"

Hugh si voltò verso la porta. "No. Grazie per la cena. Quando verrete a prendere i piatti, potreste portare un'altra coperta, per favore?"

"Ne sarò lieta, signor Tarleton." La cameriera gli rivolse un sorriso invitante e passò lo sguardo su di lui. "Ma, se è per voi, mi vengono in mente altri modi per tenervi al caldo," mormorò. Poi, con una risata roca, uscì dalla stanza.

Hugh chiuse la porta col chiavistello e si voltò verso lady Penelope, che si era accigliata.

"Quella donna ha appena cercato di sedurvi?"

Era una descrizione troppo elegante. "Parlare di seduzione è probabilmente impreciso."

"Allora come la definireste?"

"Un'offerta commerciale." Senza dubbio, la cameriera si sarebbe aspettata un pagamento.

Lady Penelope emise un basso suono di gola prima di guardare il tavolo. C'era stata una nota di nervosismo nelle sue domande. Quasi come se fosse… gelosa. Qualcosa sobbalzò dentro di lui.

"Mangiamo?" chiese, ritenendo più opportuno deviare la conversazione verso un'altra direzione.

Hugh tirò indietro la sedia di lady Penelope. I loro sguardi si incrociarono per un istante prima che lei si sedesse. Hugh la spinse verso il tavolo, quindi fece il giro per prendere posto.

Lady Penelope tolse la calotta dal piatto e inalò. "Ha un profumo delizioso."

"Il cibo di Con è migliore persino della sua birra," disse Hugh. "A volte vengo qui a cena. Fa un arrosto di manzo eccellente." Che poi era la pietanza che avevano di fronte, immersa in una salsa profumata a base di madera.

Lady Penelope prese in mano le posate e infilzò sulla forchetta una fettina di carota. "Lo prepara lui stesso?"

Hugh tagliò il suo manzo. "Non più, ma un tempo lo faceva. O almeno, così ha detto a me. È venuto a lavorare qui anni fa, da ragazzo, e il proprietario lo ha adottato: non aveva figli suoi e cercava qualcuno che portasse avanti la tradizione della buona birra e del buon cibo."

"Sembrerebbe che Con lo abbia fatto," disse. "Anche se il tutto è condito da un pizzico di violenza."

Presa la bottiglia di vino, Hugh riempì ciascun bicchiere. "Che ci crediate o meno, questa locanda è migliore di molte altre della zona. Con è molto amato e la gente rispetta la sua attività."

"Non è parso turbato da quell'agitazione," disse la giovane. "E nemmeno la donna che ci ha portato la cena. Pensavo che tafferugli del genere fossero all'ordine del giorno. Volete dire che non è così?" La giovane tagliò un pezzo di carne.

"Dipende da cosa intendete con 'all'ordine del giorno.'"

Mangiarono in silenzio per alcuni istanti prima che lei dicesse: "Non sembrate preoccupato dai rischi della vita a St. Giles."

Hugh sollevò una spalla prima di bere un sorso di vino. "Ci sono abituato, ormai, anche se ammetto che all'inizio ero molto a disagio. La spavalderia è estremamente utile in una ladronaia."

"Cercherò di ricordarmelo." Lady Penelope sollevò il bicchiere di vino. "La vostra è ancora spavalderia, o siete davvero sicuro di voi come sembrate?"

"Non so come sembro."

La giovane passò lo sguardo su di lui e il suo corpo rispose con una violenta esplosione di consapevolezza. "Sicuro. Molto, molto sicuro."

C'era un'ammirazione, nel tono di voce della giovane, che faceva venire al petto di Hugh voglia di gonfiarsi. "In che senso?"

"Siete chiarissimo nell'affermare che mi proteggerete; non che cercherete di farlo, ma che *lo farete*." Lady Penelope bevve un altro sorso di vino, quindi posò il bicchiere. "Avete mai fallito in qualcosa?"

Per poco Hugh non scoppiò a ridere. "Ho fallito in *molte* cose. La matematica è stata la piaga della mia carriera a Oxford. Per fortuna ero bravo in altre materie, soprattutto la teologia."

Lady Penelope sorrise e il calore sbocciò nuovamente in lui. Hugh si rese conto che avrebbe sempre avuto una reazione viscerale nei confronti della giovane. "Naturalmente."

Sempre? Si scrollò la parola dal cervello.

"Cos'altro non siete riuscito a ottenere?" chiese lady Penelope.

Quando pensava alla parola "fallimento," un evento specifico appariva di prepotenza nella mente di Hugh. Lui lo ignorava sempre, come aveva fatto quando aveva menzionato la matematica. Ma il ricordo rimase dov'era fin quando non si riversò fuori dai suoi pensieri e dalla sua bocca. "Non sono riuscito a salvare mia madre."

Lady Penelope era stata sul punto di mangiare una patata, ma si interruppe e aggrottò la fronte. "Avevate otto anni. Come credete che avreste potuto farlo?"

"Mio padre mi mandò a chiamare il medico." Un brivido percorse le spalle di Hugh. "Fui distratto da un cane che piagnucolava. Mi fermai a raccoglierlo e, quando giunsi a casa del medico, sua moglie mi disse che era appena uscito per recarsi in un paese vicino." Hugh non riuscì più a sostenere lo sguardo di lady Penelope e lo abbassò sul suo piatto. Il cibo perse definizione. "Era troppo tardi. Se non avessi perso tempo col cane…" Lasciò in sospeso il resto e sbatté le palpebre fino a quando il piatto non tornò a fuoco. Non era necessario descrivere nel dettaglio il suo fallimento, non quando esso era palesemente e dolorosamente ovvio.

"Signor Tarleton," mormorò lady Penelope. "Hugh."

Il suono del suo nome sulle labbra di lei, e non sotto forma di battuta, attirò nuovamente lo sguardo di Hugh sulla giovane. Lo sguardo di lady Penelope era caloroso e fermo. "Non è stata colpa vostra. Non potete credere che lo sia stata. Non c'è alcuna certezza che il medico avrebbe potuto aiutare vostra madre."

Lui lo sapeva. Il medico aveva detto che sua madre sarebbe probabilmente morta. Ma un ragazzo di otto anni non vuole credere che una cosa del genere possa accadere alla sua cara madre. "Avrei tanto voluto salvarla, ma non ci sono riuscito. Quello è il mio fallimento più grande."

Lady Penelope allungò una mano sul tavolo e la posò sulla sua. Era esattamente quello che aveva fatto lui prima, ma lei non avrebbe mai potuto coprire la sua mano come aveva fatto lui. La pelle della donna era pallida e morbida contro la sua e il bisogno di proteggerla e prendersi cura di lei quasi lo travolse.

"Non dovreste portare questo peso. Di certo avrete imparato l'importanza del perdono."

Ma certo. Hugh lo predicava giornalmente: il perdono beneficava chi perdonava, e questo significava che la cosa più importante era perdonare se stessi. Eppure, Hugh faticava a farlo.

"Sì. E ci provo. La mia famiglia non mi biasima," disse. Inoltre, la sua famiglia non sapeva fino a che punto lui biasimasse se stesso. Nessuno lo aveva mai saputo, prima di quella sera. "Non sanno che mi sento in colpa." La sua voce era bassa. "Non gliel'ho mai detto."

"Ma l'avete detto a me." La voce di lady Penelope era gentile, riverente. "Perché non glielo avete detto? Mi pare che la vostra famiglia sia molto unita. Più della mia, in ogni caso."

"Mi sentivo solo. Mia sorella minore aveva abbandonato da poco le fasce e i miei fratelli e mia sorella più anziani hanno semplicemente voltato pagina. Mio padre era triste, ma nessuno rivelò del tutto le sue emozioni. Noi siamo fatti così."

"Non sono sicura che voi lo siate," disse lady Penelope, guardandolo.

"A dire il vero, lo sono."

"Mi avete rivelato molte cose, nonostante ci conosciamo da poco."

Hugh si rese conto che era vero. "È... strano. Dovete essere speciale." Nel pronunciare quella parola, capì che era davvero così.

"Nemmeno la mia famiglia rivela del tutto le emozioni. No, non è vero. Rivelano disgusto, disapprovazione e rabbia in abbondanza." Lady Penelope attaccò violentemente la carne.

Hugh avrebbe voluto prenderla tra le braccia e portare via il dolore che, palesemente, i suoi famigliari le avevano provocato. Perché, altrimenti, si sarebbe messa a rischio in quel piano assurdo? Avevano preparato per lei una vita che non voleva, di cui non sopportava nemmeno l'idea. Com'era possibile fare una cosa del genere a una figlia? Sebbene il padre di Hugh avesse voluto fortemente che lui intraprendesse una carriera diversa, non aveva mai denigrato la sua scelta.

"Vorrei potervi proteggere da loro," disse.

La giovane lo guardò. "Grazie. Spero che questa impresa," disse, agitando le posate, "servirà al proposito. Magari mi spediranno nel Lancashire."

Hugh ripensò ancora una volta a quanto fosse distante il Lancashire.

Mayfair è come se fosse altrettanto lontana, imbecille.

Il loro legame non era permanente. Era una situazione temporanea nata dalla necessità. Hugh cercò di non pensare al di là del presente e, quando lo fece, sentì il vuoto dentro.

Era assurdo. L'aveva appena conosciuta. L'indomani, lei sarebbe tornata alla sua vita e, col tempo, lui avrebbe dimenticato completamente quella nottata.

Solo che non l'avrebbe fatto. Ne era assolutamente certo.

Lanciò un'occhiata verso la finestra; non che riuscisse a vedere qualcosa, considerato che si era fatto buio mentre mangiavano. Bevve un altro sorso di vino, rimpiangendo di non poter tornare alle calde sensazioni di pochi minuti prima, prima che il pensiero del futuro inquinasse il presente.

Lady Penelope sbadigliò.

"Siete stanca?" chiese lui, sperando che non lo fosse. Se avevano solo quella notte, lui voleva godersi ogni momento.

"No. Troppo vino, brandy e birra, credo. È molto presto, per me."

Perché gli eventi dell'alta società cominciavano più tardi e duravano ben oltre mezzanotte. All'improvviso, Hugh fu colto dal fascino di sapere cosa facesse lady Penelope per trascorrere le serate. "Cosa fareste se foste a casa?"

La giovane inclinò la testa. "Ci sono diverse possibilità. Andremmo a un ballo, o a una serie di feste, o magari a una cena."

"Cosa succede alle feste?" chiese Hugh. La giovane fece una smorfia e lui rise. "Questo non promette bene."

"Sono soprattutto una scusa per vedere e farsi vedere."

"Credevo che quello fosse lo scopo del parco."

Lady Penelope gli rivolse un'occhiata severa, che fu contraddetta dal suo tono di voce sardonico. "Sì, ma a una festa si indossano *abiti da sera*. Si tratta, dunque, di un'opportunità completamente diversa per vedere e farsi vedere."

"In effetti, è *incredibilmente* diverso." Hugh spinse sul sarcasmo e fu ricompensato da un sorriso smagliante. "Alle feste si balla?"

La giovane scosse la testa. "Si salutano i padroni di casa, si vede e ci si fa vedere, e poi si passa alla festa successiva."

"Sembra piuttosto… noioso. Chiedo scusa."

"Non scusatevi. Avete ragione. Ma d'altra parte, la vita sociale è perlopiù noiosa."

Fino a quel momento, lady Penelope non aveva menzionato nulla di piacevole. Beh, quasi nulla. "Compresi i balli? Non ci sono mai stato."

La giovane lo guardò a bocca aperta. "Mai?"

Hugh ci pensò su. "Contano gli eventi pubblici?"

"Credo di sì. Non sono poi così diversi dai balli privati." Lady Penelope prese il bicchiere di vino. "Anche se ho il sospetto che i rinfreschi non siano solitamente altrettanto piacevoli. Una cosa su cui si può sempre contare ai balli è la qualità del cibo. Le padrone di casa, spesso, cercano di farsi sfigurare a vicenda quando si tratta di decorazioni, musica e cibo."

"Capisco. I vostri genitori danno dei balli?"

Lady Penelope bevve un sorso di vino ed emise una risata brusca. "Santo cielo, no. Sono troppo spilorci. Anche se sono felici di approfittare della munificenza altrui."

"Immagino che, ai balli, si trascorra la maggior parte del tempo a ballare."

"Sì. È questo il compito principale di una giovane donna, soprattutto se è sul Mercato dei Matrimoni."

Hugh ricordò di averle sentito dire che lei ballava, ma non se le piacesse o meno. "Lo trovate noioso?"

"Dipende dal mio compagno. A voi piace ballare?"

"A dire il vero, sì, anche se non sono molto abile. Amo la musica e la gioia spensierata che il ballo porta. In un certo senso, potrei dire che mi piace guardare le persone ballare quanto mi piace farlo io stesso, forse anche di più."

Lady Penelope gli rivolse un'occhiata subdola. "E il valzer?"

"Non l'ho mai ballato. E voi?"

La giovane annuì. "Mi ci sono volute tre visite da Almack's per ottenere il permesso."

Hugh la fissò. "È necessario un permesso?"

"Sì, da parte delle madrine." Lady Penelope levò

gli occhi al cielo. "Almack's è un inferno a sé." La giovane si portò una mano alla bocca e spalancò gli occhi.

Hugh ridacchiò. "Non è necessario che vi scusiate. Ho sentito ben di peggio, come potete immaginare. Anzi, anche a me capita spesso di usare la parola 'inferno', sul lavoro." E ammiccò.

Gli occhi di lady Penelope si illuminarono di ilarità e lei lasciò ricadere la mano sul tavolo. "Vi mostrerò come si balla il valzer, se gradite."

Sebbene Hugh non avesse mai ballato il valzer, conosceva quel ballo e sapeva che esso prevedeva che due persone si toccassero in una maniera che sembrava piuttosto intima. Probabilmente non avrebbe dovuto farlo, ma l'occasione di tenere lady Penelope tra le braccia era troppo allettante per rifiutarla.

Si alzò e girò attorno al tavolo per offrirle la mano. "Volete ballare con me?"

Lady Penelope infilò le dita tra le sue e lui la aiutò ad alzarsi. "Sarebbe un piacere."

Gli occhi color ambra della giovane brillavano alla luce delle candele sulla mensola e della lanterna sul tavolo. Le mani di Hugh praticamente dolevano dalla voglia di tenerla stretta.

Le strinse la mano. "Il piacere sarà mio."

CAPITOLO 5

*P*enelope accolse con gioia il calore della mano del pastore quando esso si diffuse attraverso di lei, generando una deliziosa consapevolezza. Guardò negli occhi dallo sguardo accattivante del signor Tarleton e dimenticò completamente quello che avrebbero dovuto fare.

"Non ho idea di come cominciare," disse l'uomo. "E non abbiamo musica."

Giusto, il valzer.

"Canticchierò," si offrì lei.

L'uomo inarcò un sopracciglio castano-ramato. "Questa faccenda mi affascina molto. Credo che sarò eternamente grato di avervi incontrata per strada, oggi."

Penelope ridacchiò. "Spero che l'esperienza sarà al livello delle vostre aspettative."

"Lo è già." Gli occhi dell'uomo brillavano alla luce delle candele dietro la sua testa e il cuore di Penelope mancò un battito. "Anzi, le ha superate nettamente. Era stata mia intenzione trascorrere la serata a sbrigare la corrispondenza arretrata. Temo di dovere delle lettere a entrambe le mie sorelle."

"Beh, vedremo se ballare il valzer con la sottoscritta mentre lei cerca di sostituire la musica con la bocca è davvero più divertente; io non ne sono convinta." Il suo labbro si arricciò in un mezzo sorriso. "Pronto?"

"No!" Il signor Tarleton rise. "Non ho idea di cosa debba fare."

Penelope era completamente assorta nella sua contemplazione. "Ci sono diverse varianti. Potete stringere la mia vita con una mano o con due."

"Se usassi una mano sola, cosa dovrei fare con l'altra?"

"Ci prenderemmo per mano," rispose lei. "Come abbiamo già fatto."

L'uomo le strinse di nuovo la mano. "Dato che siamo già a metà strada..." Posò la mano libera sulla vita di Penelope. "Cosa farete voi con la vostra mano?"

"Ve la metto sulla spalla." Ciò detto, Penelope appoggiò la mano sulla giacca dell'uomo. Il tessuto non era pregiato come quello degli indumenti dei gentiluomini con cui lei era solita ballare, ma il taglio era eccezionale e il signor Tarleton era bello come quegli uomini. No, lo era di più; anzi, era l'uomo più bello che lei avesse mai conosciuto. E questo non era dovuto ai suoi occhi seducenti o al suo sorriso affascinante o alla sua corporatura atletica. Beh, non del tutto. La sua sicurezza e la sua forza – nonché la sua gentilezza – lo rendevano incomparabile.

"Sono pronto," disse l'uomo.

Penelope pensò a una melodia e cominciò a canticchiarla, per poi fermarsi di colpo. "Avevo dimenticato di dirvi cosa dovete fare ora. Per la maggior parte, si tratta di guidarmi sulla pista da ballo in un ampio cerchio a tempo di musica. A volte, l'esperienza fa girare la testa."

Il signor Tarleton passò lo sguardo sulla stanzetta. "Dovrò stare attento a non mandarci a sbattere contro la sedia. O contro il letto."

Sentir menzionare il letto scatenò un'ondata di calore attraverso il corpo di Penelope, che abbassò lo sguardo sul fazzoletto da collo del signor Tarleton.

Penelope ricominciò a canticchiare e il pastore iniziò a muoversi. L'uomo li condusse verso il caminetto e più in là, fino all'angolo. Non avendo più spazio per muoversi, si fermò e girò su se stesso. "Non mi sembra di stare facendo la cosa giusta."

Penelope rischiò di prodursi in un'altra risatina, ma continuò a canticchiare. L'uomo si riprese, conducendola nuovamente verso il tavolo. "L'ampio cerchio che avevate descritto sembrava qualcosa di elegante ed entusiasmante. Ho come la sensazione che questo lo sia molto meno."

Questa volta, Penelope non riuscì a trattenere una risata. "Smettetela. Devo canticchiare."

"E lo fate con grande perizia. Io sono completamente privo di qualunque capacità musicale. Se aveste chiesto a me di canticchiare, il risultato sarebbe stato simile al verso di un animale morente."

Penelope rise di nuovo e pestò un piede al signor Tarleton. Il suo sguardo corse a quello dell'uomo e i suoi occhi si spalancarono. "Scusate!"

"Me lo sono meritato. Non dovrei continuare a farvi ridere."

"Non fermatevi, per favore." Penelope gli sorrise, incapace di ricordare l'ultima occasione in cui si era divertita tanto. A dire il vero, non era sicura di avere il ricordo di un'esperienza del genere. Di sicuro non una come quella. Tra le braccia di un uomo che la faceva sentire speciale.

"Vorrei cercare di dare un po' più di dignità a questa faccenda. Voi continuate con la musica, per favore."

Penelope ricominciò canticchiare e l'uomo iniziò a farla volteggiare in piccoli cerchi attorno alla stanza. Non poteva muoversi con la velocità che sarebbe stata possibile su un'ampia pista da ballo, ma così era meglio, perché a Penelope non girava la testa. O forse era perché il suo sguardo era bloccato in quello di lui e lei era del tutto persa tra le sue braccia.

Dopo un po', il signor Tarleton rallentò. "Avete smesso di canticchiare," mormorò, attirandola più vicina a sé.

Il petto di Penelope sfiorò delicatamente quello dell'uomo. Il contatto le fece venire voglia di piangere dalla gioia. Aveva goduto di pochissimo contatto umano, in vita sua: niente carezze o abbracci. Il povero gatto che viveva nella rimessa delle carrozze era l'unico beneficiario delle attenzioni fisiche di Penelope, perché lei era l'unica che lo permetteva.

Ma questo era qualcosa di diverso. Qualcosa di più. Penelope avvertì il desiderio di far scivolare la mano fino al collo del signor Tarleton e di circondargli la nuca. Lì avrebbe sentito il suo calore. E se avesse fatto scivolare le dita lungo il collo, avrebbe sentito il battito del suo cuore.

La mano dell'uomo si chiuse attorno alla sua vita, facendola avvicinare a lui, allargandosi sul fondo della sua schiena. Lei permise alla propria mano di fare ciò che voleva, trovando il calore della nuca del pastore e i capelli arricciati sopra il colletto della camicia.

L'uomo la attirò contro la propria spalla, quindi la lasciò andare. Ma solo per toccarle la guancia, sfiorandole la pelle coi polpastrelli.

Penelope schiuse le labbra, disperatamente vogliosa di sentire la bocca del signor Tarleton sulla sua. Non era mai stata baciata e non lo aveva mai voluto. Ma in quel momento, temeva che sarebbe morta, se lui non l'avesse baciata.

Un brusco bussare alla porta li separò e, ancora una volta, furono salvati da un'interruzione. Stranamente, Penelope non aveva la sensazione di essere stata salvata. Quello che provava erano disappunto e frustrazione.

"Sono venuta a prendere i piatti," chiamò la voce femminile da dietro la porta.

Il signor Tarleton aprì la porta e rimase in disparte mentre la giovane donna che in precedenza gli aveva rivolto le sue profferte raccolse i loro piatti su un vassoio. Lasciò la bottiglia di vino e i bicchieri.

Dopo aver lanciato una lunga occhiata al signor Tarleton, la cameriera uscì dalla stanza e il pastore le chiuse fermamente la porta alle spalle.

"Faremmo meglio a dormire," disse l'uomo, in tono brusco e senza guardarla.

No, avrebbero fatto meglio a finire ciò che avevano cominciato. L'insoddisfazione si dipanava in lei. Se solo la cameriera non fosse arrivata proprio quel momento.

Se ciò non fosse stato, cosa sarebbe potuto accadere? Penelope credeva davvero che un parroco avrebbe gettato al vento la decenza – già era abbastanza scandaloso il fatto che avessero trascorso così tante ore da soli insieme e che avrebbero trascorso allo stesso modo l'intera nottata – per baciarla?

Di certo, lei avrebbe voluto che lo facesse.

"Mi offrirei di uscire in corridoio per concedervi un po' di intimità, ma ho giurato di restare con voi." Il pastore distolse lo sguardo. "Ma forse avete bisogno di un momento..."

Sì, Penelope aveva bisogno di far fronte ad alcuni bisogni, anche se non aveva intenzione di spogliarsi. Aveva la sensazione che ciò non avrebbe fatto altro che rafforzare il suo desiderio.

Desiderio?

Sì, era proprio la parola giusta.

"E voi?" chiese lei.

Il signor Tarleton si accigliò, ma continuò a evitare il suo sguardo. "Non voglio lasciarvi sola."

Penelope gli lanciò un'occhiata sarcastica. "E quale sarebbe l'alternativa? Immagino che anche voi abbiate bisogno di, come dire, un momento per voi."

L'uomo abbozzò un sorriso e Penelope si rilassò leggermente. "Non avete torto. Chiudete la porta dopo che sarò uscito; tornerò tra un attimo."

Penelope annuì e l'uomo se ne andò. Mentre chiudeva la porta, si chiese se egli sarebbe andato a trovare la cameriera.

No, sciocchina. Ha detto che tornerà tra un attimo.

Penelope poteva anche essere una vergine che non era mai stata baciata, ma era abbastanza informata da sapere che copulare richiedeva più di *un attimo.*

Tornata al tavolo, finì il suo vino e fece quello che doveva fare. Pochi minuti dopo, l'uomo tornò e bussò alla porta. "Sono Hugh."

"Di nuovo?" chiese Penelope, togliendo il chiavistello.

L'uomo sorrise nell'entrare.

"Devo chiamarvi Hugh?"

"Probabilmente no." La voce dell'uomo conteneva del rammarico. "Ma non mi lamenterei se lo faceste."

"Allora, finché saremo qui, dovrete chiamarmi Penelope."

Il signor Tarleton inclinò la testa. "Posso chiamarvi Pen?"

La sua balia era stata solita chiamarla così,

fino a quando la madre di Penelope non glielo aveva proibito. Da quel momento in poi, la donna lo aveva fatto solo in privato. Fino a quando non era stata colta sul fatto e sua madre l'aveva licenziata.

Penelope provò un delizioso senso di ribellione. "Assolutamente sì." Notò che l'uomo aveva portato con sé una coperta. "Quella donna si è dimenticata di portarla, quando è venuta a prendere i piatti?"

"Sì. Credo che volesse costringermi a cercarla."

"In modo da farvi una nuova profferta."

Il signor Tarleton si strinse nelle spalle. "Invece, io sono andato a cercare Con."

Penelope provò un piacere inconsulto, ma non lo disse, naturalmente. "Gli avete detto che la sua dipendente si è comportata in maniera inappropriata?"

Hugh si mise a ridere. "A Con importerebbe ben poco, né lui cercherebbe di farla smettere." L'uomo andò a depositare la coperta sulla poltrona.

Penelope si portò al letto e piegò il copriletto. Quindi, si sedette sul materasso.

"Avete bisogno di aiuto con... i vostri vestiti?" Ancora una volta, l'uomo non incrociò il suo sguardo.

"No, dormirò così."

"Con gli stivali?" chiese il pastore, lanciando un'occhiata ai suoi piedi.

"Anche voi indossate ancora gli stivali," rispose Penelope.

"Avevo intenzione di toglierli."

"Allora anch'io toglierò i miei."

Il signor Tarleton si sedette ed entrambi cominciarono a rimuovere le rispettive calzature. L'uomo posò gli stivali accanto alla poltrona, quindi si alzò.

"Dove andate?"

"Pensavo di spegnere la lanterna e le candele.

Anzi, credo che lascerò una candela accesa, se non vi dispiace."

Penelope fu travolta dal sollievo. Non che le dispiacesse esattamente il buio, ma quello era un luogo sconosciuto e la luce, per quanto scarsa, l'avrebbe fatta sentire più a suo agio. "Al contrario. Grazie."

Penelope si infilò sotto le coperte mentre l'uomo estingueva tutte le fiamme, tranne una. Quindi, il pastore si sedette sulla poltrona e si coprì il grembo con la coperta.

Penelope si accigliò: l'uomo sembrava terribilmente scomodo. "Mi dispiace che dormiate in poltrona. Dovreste almeno appoggiare i piedi sul letto. Insisto."

"Se insistete." Il pastore si alzò e spostò la poltrona più vicino al letto, quindi appoggiò i piedi sull'estremità di quest'ultimo.

"Così va molto meglio." Penelope si sdraiò e si tirò le coperte fino al mento. Chiudendo gli occhi, cercò di calmare la mente in tumulto.

Quando si era imbarcata in quel piano, aveva sperato che la notte sarebbe passata in fretta. Non aveva mai immaginato che avrebbe conosciuto un uomo che le avrebbe fatto desiderare che il tempo si fermasse.

Anzi, avrebbe voluto che potessero tornare indietro nel tempo e baciarsi come avevano avuto intenzione di fare. Anche il signor Tarleton lo avrebbe voluto? Penelope temeva che si sarebbe pentita di quel bacio mancato per il resto dei suoi giorni.

Il pensiero la colmò di tristezza. L'emozione si mescolò all'angoscia mentre lei rifletteva sul domani. Non era solo l'idea di tornare a casa. Significava che quella magica notte sarebbe finita.

"Vorrei aver trascorso un po' di tempo a parlare

con voi, quando sono venuta in chiesa," disse nella semioscurità.

"Anch'io lo vorrei. Mi dispiace avervi evitate. Beh, forse non di aver evitato *tutte*."

Penelope sorrise, ma tenne gli occhi chiusi. "Mi pento di non aver portato dei libri. Cercherò comunque di farvene avere qualcuno."

"Ve ne sono grata." Il silenzio si prolungò e Penelope si chiese se l'uomo si fosse addormentato. Poi, il signor Tarleton disse: "Siete completamente diversa da come immaginavo."

Un calore gioioso si diffuse in lei. "Non ho mai conosciuto una persona come voi." Il signor Tarleton la faceva sentire davvero al sicuro e... preziosa.

Sì, Penelope voleva dell'altro tempo. Con lui.

"Mi dispiace che, forse, non rimarrete ancora a lungo a Londra." Era come se l'uomo le avesse letto nel pensiero. "Sarei stato felice che voi visitaste la chiesa."

Penelope avvertì una stretta al petto. "Anche a me sarebbe piaciuto."

"Ma so che non sarebbe la cosa migliore per voi. I vostri genitori sembrano piuttosto difficili."

Che eufemismo. "Sono ben peggio." Penelope si stupì dicendolo ad alta voce. "Non preoccupatevi per me," si affrettò ad aggiungere. "Me la caverò. Ho escogitato questo folle piano per cambiare la mia sorte e spero che funzionerà." Doveva funzionare.

Il silenzio tornò a regnare, ma questa volta Penelope era sicura che l'uomo fosse ancora sveglio. Provava uno strano senso di sintonia nei suoi confronti.

"Spero che sarete felice nel Lancashire," disse il signor Tarleton.

La tristezza esplose di nuovo dentro di lei. Parlavano come se Penelope se ne fosse già andata, come se non avessero ancora una notte di fronte a loro. Ma cosa voleva farne, lei, di quella notte? Poteva anche essere tentata di baciarlo – e lo era – ma poi?

Permise alla fantasia di prendere il sopravvento. Avrebbe potuto baciare l'uomo, abbracciarlo, invitarlo nel suo letto. Ma lui era un uomo d'onore, un parroco, un uomo che aveva bisogno di una moglie.

Quella donna poteva essere lei? L'idea di diventare la moglie di un parroco mise radici e crebbe. Penelope immaginò di aiutare il signor Tarleton coi suoi parrocchiani, di unirsi a lui quando egli sarebbe andato a visitare le loro case, quando si sarebbe preso cura dei bisognosi.

La fredda realtà la raggelò. Non le sarebbe mai stato permesso di sposare un uomo del genere. Probabilmente, i suoi genitori avrebbero trovato quell'eventualità peggiore della rovina.

Non per la prima volta, Penelope rimpianse di non essere nata diversa. Una persona che potesse sposare chiunque volesse. Una persona che potesse amare ed essere amata.

Una persona che potesse essere felice.

"Buona notte, Pen."

"Buonanotte, Hugh." Penelope rotolò sul fianco opposto e serrò le palpebre con maggior forza. Il futuro, che aveva sperato sarebbe stato più luminoso, si era appena spento.

CAPITOLO 6

*U*n violento bussare alla porta risvegliò Hugh dal sonno.

"Cosa c'è?" La voce preoccupata di Pen lo svegliò del tutto.

"Verifico." Passandosi una mano sul viso, Hugh si alzò e prese il gilet, che aveva appoggiato allo schienale della sedia. Dopo esserselo infilato, lo abbottonò mentre si recava alla porta.

Nel corridoio c'era Con, la cui espressione era preoccupata. "Ecco. Quando ho bussato alla porta accanto e voi non avete risposto, mi ero preoccupato." Il locandiere accennò col capo alla stanza che, in teoria, Hugh avrebbe dovuto occupare.

"C'è stato un cambiamento di programma," disse Hugh. "La rissa è stata sconvolgente."

Connor annuì. "Un uomo è venuto a cercarla. Un uomo dal gilet rosso." Il locandiere rivolse a Hugh un'occhiata colma di significato.

Maledizione. Se quell'uomo indossava un gilet rosso e aveva chiesto di Pen, si trattava di un Bow Street Runner, il che significava che la famiglia di Pen la stava cercando. Hugh si irrigidì. "Dov'è, ora?"

"Gli ho dato il benservito. Gli detto che qui non c'erano persone come quella."

"E lui vi ha creduto?"

"Sembrava di sì, ma chi può saperlo, con quelli là?" disse Con, sollevando una spalla. "Ha parlato con un po' di gente, di sotto, e se qualcuno di loro l'aveva vista… Beh, volevo informarvi subito."

"Grazie. Dobbiamo andare." Hugh non aveva alcuna intenzione di affidarsi alla possibilità che il Runner si fosse arreso. Se il poliziotto aveva interrogato qualcun altro – chiunque avesse visto Pen – ci sarebbero stati dei problemi. Inoltre, sebbene Hugh si fidasse di Con, non era del tutto sicuro che lo staff di Con non fosse disposto a lasciarsi corrompere per divulgare dei segreti che aveva giurato di mantenere. "Grazie per l'ospitalità. Per caso avete un mantello che potremmo prendere in prestito? Ve lo restituirò domani."

"Potrebbe essercene uno appeso alla porta sul retro. È meglio che usciate da quella parte."

Hugh annuì e Con se ne andò. Dopo aver chiuso la porta e tirato il chiavistello, Hugh si appoggiò a essa, la mente che ribolliva.

"Cosa c'è?" chiese Pen.

"Era Con. Un Bow Street Runner è venuto a cercarvi. La vostra famiglia ha chiesto aiuto. Con lo ha mandato via, ma sarà meglio che ce ne andiamo." Hugh si recò alla poltrona e indossò la giacca.

"Dove?" La voce della giovane era allarmata e il suo viso si era fatto pallido.

"Alla mia chiesa." Sfortunatamente, ciò significava attraversare St. Giles nel cuore della notte, il che poteva essere pericoloso. Ma era possibile. "Dovremo travestirvi," disse Hugh.

Pen lasciò cadere il copriletto. "Siete sicuro che dobbiamo andarcene?"

Hugh annuì. "Il prima possibile."

Pen si alzò dal letto e cominciò ad avvolgersi la treccia sulla sommità del capo. Prese delle forcine sul tavolino accanto al letto e si fermò i capelli.

"Alla chiesa c'è una stanzetta con un letto ragionevolmente comodo. A volte io dormo lì, soprattutto se nel corso della notte c'è bisogno di me nel vicinato."

Pen si lisciò i capelli e l'abito con le mani. "Pronta."

Hugh prese i loro cappelli e porse alla giovane i guanti che aveva lasciato sul comodino prima di aprire la porta. Dopo aver controllato che il corridoio fosse vuoto, le rivolse un cenno del capo. "Dopo di voi, ma lasciate che sia io a scendere per primo le scale. La sala comune, a quest'ora, è ancora piena di gente."

Pen annuì, quindi lo precedette in corridoio. Hugh la oltrepassò, poi le prese la mano. I loro sguardi si incrociarono e il suo petto si scaldò alla vista della fiducia che vide nel suo sguardo.

Strinse la mano della giovane, poi la condusse lungo le scale. "Seguitemi da vicino," disse.

Arrivato in fondo, valutò la situazione nella sala comune. C'era pieno di uomini e c'era anche una manciata di donne, ma non erano troppo rumorosi. Hugh si tenne appiccicato al muro e condusse Pen verso la porta della cucina. Muovendosi velocemente, raggiunsero uno stretto corridoio che conduceva alla porta sul retro. Hugh si mise il cappello in testa e diede il cappellino a Penelope.

Non c'era un mantello appeso vicino alla porta, ma c'era un cappotto che avrebbe potuto tornare utile. Lui lo sollevò per permettere alla giovane di infilare le braccia nelle maniche. "Provate questo."

Pen infilò le braccia nel cappotto e lui glielo mise sulle spalle. Calzava come un sacco, ma ciò non faceva che contribuire al travestimento. Inoltre, l'indumento era molto efficace nel coprire l'abito della giovane. Tuttavia, Hugh avrebbe voluto che ci fosse anche un cappuccio per coprire il cappellino.

Staccò allora tutte le decorazioni del cappello di Pen.

"Cosa fate?" chiese lei.

"Rendo il vostro cappello meno bello a vedersi. Nonché meno vistoso."

Pen annuì mentre lui gettava i fiori finti e il nastro in un angolo.

"Questo cappotto puzza." La giovane arricciò il naso.

Hugh si chinò ad annusare. Il cappotto puzzava davvero… di whiskey e di uomo non lavato. "Chiedo scusa. Faremo in fretta."

Hugh aprì la porta e condusse la giovane nel vicolo dietro all'Uccello Vorace. Facendo una pausa, rifletté su quale fosse la strada migliore da prendere. Avrebbe voluto sapere in quale direzione fosse andato il Runner, così da prendere quella opposta.

Avendo deciso che non poteva saperlo e che la scelta più conveniente sarebbe stata imboccare la via più diretta, si voltò verso Carrier Street. Afferrò saldamente la mano di Pen e la guardò in viso, che era rivolto verso di lui. "Non mollate la presa. Camminate rapidamente e senza guardare nessuno. Tenete la testa leggermente abbassata, in modo che nessuno veda bene il vostro viso. L'oscurità ci aiuterà, ma c'è luce sufficiente perché qualcuno vi veda, se presta attenzione. Farò affidamento sul fatto che la maggior parte delle persone, a quest'ora, in St. Giles, non bada molto agli altri. Pronta?"

Pen trasse un respiro profondo e annuì.

Senza riflettere, Hugh si portò la mano della

giovane alle labbra e depose un bacio sul dorso del guanto. Pen allargò leggermente gli occhi e lui avrebbe potuto giurare che gli angoli della sua bocca si fossero sollevati. Ma non poteva esserne sicuro, nell'oscurità.

Le rivolse un sorriso di incoraggiamento, nonostante il fatto che lei, probabilmente, non potesse vederlo, e si incamminarono. Hugh pregò che il tragitto fosse rapido, senza problemi e, soprattutto, privo della presenza di Bow Street Runner.

~

La notte era fresca, ma asciutta, mentre percorrevano Carrier Street. Hugh le teneva saldamente la mano e Penelope allungò il passo per mantenere quello dell'uomo.

C'erano abbastanza persone in giro da costringerla a tenere la testa bassa. Era difficile, perché Penelope avrebbe voluto guardare l'ambiente che la circondava. Quando mai avrebbe avuto un'altra occasione di trovarsi a St. Giles nel cuore della notte?

Qualcuno la urtò mentre si avvicinavano all'angolo. Hugh la strinse a sé e non rallentarono. Anzi, il pastore fece allungare loro il passo.

Svoltarono a destra, su una strada piuttosto ampia e sorprendentemente trafficata, considerata l'ora. Pur cercando di tenere la testa bassa, Penelope si guardò attorno il più possibile. C'erano uomini radunati in gruppi, che ridevano e bevevano. Alcune coppie di uomini e donne si abbracciavano, soprattutto tra le ombre.

"*Satanasso*."

Penelope sollevò di scatto la testa e guardò il suo accompagnatore. Aveva appena detto "satanasso?" Come mai aveva imprecato?

Il pastore si fermò e si voltò verso di lei. "C'è un Runner diretto in questa direzione. Dobbiamo cercare di mescolarci in fretta con gli altri. Fidatevi di me, per favore." Poi la spinse in un portone e la premette contro il muro di mattoni. Mormorò: "Non era questo che avevo in mente," un attimo prima che le sue labbra trovassero quelle di lei.

L'impatto del bacio la sconvolse, ma fu rapidamente sostituito da un calore bruciante. Le mani dell'uomo la circondarono, incuneandola tra lui e l'edificio. Penelope si rendeva vagamente conto di ciò che stava facendo il signor Tarleton: la stava proteggendo dal Bow Street Runner. Ma soprattutto, lei stava precipitando nel suo bacio.

Infilò le braccia sotto la giacca dell'uomo e le fece passare attorno alla sua schiena, stringendoselo fortemente al petto. Non era una questione di protezione, non solo, perlomeno. Erano una questione di scoperta e desiderio e di inseguire qualcosa che era tutto per lei.

E di lui.

Le labbra dell'uomo si muovevano contro le sue mentre il calore filtrava in lei, accendendo una passione che Penelope non aveva mai immaginato. Quando aveva pensato al bacio, in precedenza, si era sempre trattato di un'attività sconosciuta che lei avrebbe dovuto praticare con suo marito.

Questo era molto di più. Era la prosecuzione di *qualcosa*. Di quel qualcosa che era cominciato tra di loro il pomeriggio precedente.

Penelope si aggrappò alla schiena di Hugh, noncurante del Runner, del luogo decisamente pubblico o del fatto che quella situazione sarebbe stata considerata uno scandalo da tutti quelli che lei conosceva. Hugh le dava una sensazione magnifica e lei non voleva lasciarlo andare.

Ma non aveva idea di cosa fare.

Ricambia il bacio.

Ma come fare? Si alzò in punta di piedi e copiò quello che stava facendo Hugh, muovendo le labbra e... aprendo leggermente la bocca? Sì, era quello il segreto.

Oh!

Una sensazione morbida e umida le scivolò sulle labbra. La lingua di Hugh. Penelope imitò anche quello e ciò li unì in un momento accecante di calore e bisogno. Un suono cupo ribollì nel profondo della gola dell'uomo. Seducente e allettante, le diede il coraggio di far scivolare la lingua contro quella del pastore.

Hugh aprì la bocca e la sua mano risalì la schiena di Penelope per circondarle la nuca. Lui la tenne ferma, delicatamente ma con tenacia, mentre con la lingua spronava la sua, contorcendosi e scivolando, accendendo un calore disperato che si accumulò nel basso ventre di Penelope.

Era una sensazione inebriante, unire il corpo a quello di lui e lasciarsi andare alla tentazione.

Il bacio si concluse in maniera leggermente meno brusca di come era cominciato. Ancora una volta, Penelope imitò Hugh, rallentando i movimenti e separandosi da lui. Ma l'uomo non si allontanò di molto. La sua bocca rimase su quella di Penelope mentre voltava leggermente la testa.

"Non lo vedo più," disse Hugh.

Il disappunto la attraversò. Se il Runner se n'era andato, non c'era motivo di continuare a baciarsi. A dire il vero, Hugh non aveva mai avuto la necessità di baciarla. Era grosso abbastanza da nasconderla alla vista e dare l'impressione che fossero impegnati nelle stesse attività delle altre coppie che avevano visto lungo la strada.

Ma Penelope era lieta che lui l'avesse baciata. Se

lo sarebbe ricordato – si sarebbe ricordato di lui – per sempre.

"È stato piacevole," mormorò.

Il pastore voltò nuovamente la testa verso la sua e lei vide l'intensità del suo sguardo, nonostante si trovassero in quel momento tra le ombre. Forse, più che vederla, la percepiva.

"Devo chiedervi scusa," mormorò Hugh. "Anche se è stato piacevole. La mia premura è proteggervi. Stavo cercando di mescolarci agli altri."

"Non intendo accettare le vostre scuse. Voi mi avete dato una notte che non dimenticherò mai."

La bocca dell'uomo si curvò in un sorriso e Penelope avvertì una stretta al petto. Voleva baciarlo di nuovo.

"Siete sicuro che se ne sia andato?" chiese, sperando che così non fosse, in modo che avessero una scusa per un altro bacio.

Hugh si scostò leggermente, la qual cosa allontanò il suo calore da lei. Sporgendo la testa dal portone, guardò in entrambe le direzioni. "Lo vedo: è lontano, laggiù. Entriamo nel vicolo." Le afferrò la mano e insieme si avviarono, al passo più veloce che avevano tenuto fino a quel momento, attraversando Church Street.

Il vicolo era molto stretto, ancora più di Ivy Street. C'erano meno persone, lì, ed era più silenzioso. Era anche buio e piuttosto adatto al bacio.

Non che loro potessero fermarsi di nuovo a baciarsi. A meno di non incontrare un altro Runner, cosa di cui lei *non* era ansiosa. Ma se questo significava poter baciare Hugh con un'altra volta...

La fantasia a cui si era lasciata andare in precedenza fece ritorno mentre percorrevano velocemente lo stretto viale. Le veniva facile immaginare Hugh come suo marito. Avrebbero condiviso conversazioni meravigliose, lei lo avrebbe aiutato coi suoi parrocchiani e si sarebbero baciati. Avrebbero fatto più che baciarsi. Penelope sapeva vagamente cosa fosse necessario a generare dei figli e dopo quel bacio, voleva sperimentarlo… con Hugh.

Ma non lo avrebbe mai fatto. Non le sarebbe mai stato permesso di sposare un uomo come Hugh. E lui, avrebbe mai voluto sposarla? Aveva messo bene in chiaro che non provava particolare affetto per l'alta società o per i suoi membri. E questo includeva specificamente le signore che visitavano la sua chiesa, di cui lei faceva parte. Il fatto che l'uomo sembrasse tenere a lei e che la stesse proteggendo era prova del suo onore, non di un'eventuale affinità nei confronti di Penelope.

Tutto ciò che lei aveva era quella notte, quella fantasia. E voleva aggrapparsi a essa il più a lungo possibile.

Seguirono il vicolo fin quasi a Broad Street. Li raggiunse la voce di una donna. "Entra nella tinozza, *subito*."

Hugh si fermò e sollevò lo sguardo su una finestra aperta al primo piano dell'edificio da cui era giunta la voce. Si rivolse a Penelope. "Vi dispiacerebbe restare qui per un momento?" Indicò l'edificio vicino. "Nel portone, in modo che lei non possa vedervi."

Penelope raggiunse il punto da lui indicato e Hugh sollevò la testa.

"Buonasera, signora Boyle!" esclamò rivolto alla finestra.

"Signor Tarleton, siete voi?" Fu la voce della stessa donna a rispondere, anche se Penelope non riusciva a vederla. Il punto sembrava proprio quello. O meglio, che la donna non vedesse Penelope.

"Sono io. Va tutto bene?"

"Benissimo. Uno dei ragazzi ha deciso di andare

in cucina e versarsi del latte addosso invece che dormire."

Hugh annuì. "Vi lascio fare, allora."

"Buonanotte, signor Tarleton!"

"Buonanotte, signora Boyle." Il pastore attese un momento, quindi si recò dove si trovava Penelope, fuori dalla visuale della signora Boyle. "Chiedo scusa," disse Hugh. "La signora Boyle gestisce un orfanotrofio e, occasionalmente, ha dei problemi con alcuni dei suoi ragazzi. È piuttosto tardi per gridare a qualcuno di entrare nella tinozza, per cui volevo assicurarmi che andasse tutto bene." L'uomo la prese per mano e ripresero a camminare.

"Siete molto gentile a occuparvi di loro." Ma a quanto pareva, il pastore si occupava di tutti.

"Non quanto la signora Boyle. Lei non ha figli e un paio d'anni fa, alla morte del marito, ha cominciato ad accogliere degli orfani."

"In quanti vivono lì?"

"Circa due dozzine, credo. Alcuni sono più grandi e aiutano la signora Boyle a prendersi cura dei più giovani. Lei li tiene puliti, sfamati e lontano dai guai. Insegna persino loro a leggere e a far di conto. Io li aiuto il più possibile per quanto riguarda cibo, denaro e vestiti. Capite quindi perché vorrei dei libri."

Penelope lo capiva benissimo e, sebbene avesse già avuto intenzione di contribuire, ora era assolutamente decisa a farlo. Inoltre, avrebbe voluto consegnare i libri di persona e magari anche collaborare all'istruzione dei bambini. Com'era lontano tutto ciò dalla vita che lei conduceva! "Vorrei essere di maggiore aiuto. Farò il possibile per procurarvi libri e il necessario per scrivere."

L'uomo la guardò, lo sguardo dolce ma appassionato, e ripeté ciò che aveva detto prima che si addormentassero. "Siete completamente diversa da come immaginavo."

Un calore si diffuse in lei. "Anche voi. E anche *questo*." Penelope sollevò una mano per indicare l'ambiente circostante.

"A volte può essere un luogo difficile, ma ci sono delle brave persone qui. Vivono. Amano. Hanno delle necessità."

Era tutto lì, in fondo. Penelope viveva. Aveva delle necessità. E amava. O quantomeno, avrebbe voluto farlo. Non si era mai resa conto di quanto fino a quel momento.

"Venite," disse il pastore, con un'urgenza che la stupì. "Siamo quasi arrivati."

Attraversarono Broad Street e percorsero il marciapiedi fino a svoltare l'angolo dove si trovava il cancello della chiesa.

Entrarono nel camposanto. Le lapidi si ergevano come cupe sentinelle che sorvegliavano la chiesa mentre loro raggiungevano il retro della struttura. "C'è un ingresso posteriore."

Pochi gradini conducevano a una porta e Hugh estrasse una chiave, che usò per aprire.

Le fece cenno di precederla in una stanzetta. C'era una finestra, in alto nel muro, che forniva una modesta quantità di luce proveniente dalla luna nel cielo e dai lampioni lontani. Ma era comunque sufficiente perché Penelope vedesse che l'arredamento era piuttosto spartano: una credenza, un tavolino, una sedia di legno e un letto piuttosto stretto.

Lanciò un'occhiata alla porta sulla sinistra della stanza. "Cosa c'è di là?"

"La sagrestia. Vado a prendervi una candela."

"Non ne abbiamo bisogno," disse Penelope.

"Immagino di no."

Penelope si tolse il cappotto e Hugh fece un

passo avanti per aiutarla. "Cos'altro c'è in sagrestia?"

Hugh appese il cappotto a un gancio nell'angolo. "Delle poltrone e un divanetto. Dormirò laggiù; prendete pure il letto."

Penelope lo oltrepassò e aprì la porta della sagrestia. La stanza era molto più grande, con un caminetto e i posti a sedere da lui menzionati. Il divano, come aveva anticipato il pastore, era piccolo. Troppo piccolo per un uomo della sua corporatura. Penelope si voltò verso di lui, ancora sulla soglia della stanza col letto, la quale era chiaramente il luogo in cui egli dormiva quando si trovava lì. "Non potete dormire sul divano."

"Sì che posso. Probabilmente, è più comodo della poltrona all'Uccello Vorace." Il tono di voce del pastore conteneva una nota di umorismo.

Hugh aveva ragione. E lei avrebbe dovuto lasciare che dormisse sul divano. Ma aveva solo quella notte. E la tentazione di approfittare al massimo era insopportabile.

Andò da lui, gli stivali che attraversarono il tappeto fino a raggiungere il pavimento di legno all'estremità della stanza. Fino a quando non fu abbastanza vicino da toccarlo.

Inclinando la testa all'indietro, lo guardò negli occhi e si arrese al dolce desiderio – *vivi, ama, abbisogna* – dentro di lei. "*Potreste* dormire sul divano, ma preferirei che dormiste nel letto."

"No, insisto per lasciarlo a voi."

"E io me lo prenderò. Ma non voglio dormirci da sola."

CAPITOLO 7

*P*en gli mise una mano sul petto e, nonostante gli strati di indumenti, Hugh avvertì il suo tocco come un marchio a fuoco. Aveva sentito bene? La giovane voleva che lui dividesse il letto con lei?

"Pen, non credo che sia una buona idea." Il suo corpo non era d'accordo, considerato il desiderio che vorticava dentro di lui. La mano di Pen sul suo petto non era abbastanza; lui bramava il suo tocco.

"Perché? Non c'è nessuno, qui, che possa imporci il decoro."

La giovane stava mettendo a dura prova la determinazione di Hugh. Non che lui non avesse già ceduto, baciandola.

Ma quella era una necessità.

Davvero?

Hugh era abbastanza grosso – o meglio, Pen era abbastanza piccola – che avrebbe potuto bloccare la visuale su di lei. Ma aveva pensato alle altre coppie avviluppate lungo la strada e deciso che sarebbe stato meglio fingersi una di loro.

O forse aveva semplicemente voluto davvero, disperatamente, ferocemente baciarla.

E lo aveva fatto.

Ma a sconvolgerlo ancora di più era che lei avesse risposto al bacio. E ora, la giovane si stava spingendo ancora più in là.

La tentazione lo strattonava. Hugh faticò a trovare la voce. "Il solo fatto che qui non ci sia nessuno–"

"Nessuno lo saprà mai," precisò Penelope.

Era vero e non fece altro che rendere ancora più intensa la tentazione. In mezzo alle nubi di desiderio che gli offuscavano il cervello, Hugh ricordò le parole della giovane. "Volete solo dormire?"

Lei annuì, lentamente, ma solo dopo un attimo di esitazione.

"Il letto è molto piccolo."

"Ottimo, così potrete tenermi al caldo. Fa molto freddo." Pen si avvicinò lentamente a lui, unendo i loro inguini.

Per poco Hugh non grugnì. Tenerla vicina mentre si baciavano era stata una deliziosa tortura. Questa era una strada pericolosa.

Pen lo prese per mano e lo ricondusse nella stanza più piccola. Fino al letto, dove si sedette e lo attirò accanto a sé. Lasciatolo andare, si chinò e sollevò la gonna per togliersi gli stivali.

Hugh si disse che avrebbe dovuto fare lo stesso, nonostante non avesse davvero deciso se avrebbe fatto ciò che lei gli chiedeva. Dopo essersi tolto gli stivali, si alzò e li posò vicino alla porta.

Voltandosi verso il letto, vide che la giovane si era alzata e si era slacciata il vestito sul davanti. Il corpetto lei ricadde fino alla vita, rivelando i suoi indumenti intimi.

Hugh si voltò di scatto e distolse lo sguardo. "Vi state spogliando?" La sua voce suonava leggermente più acuta rispetto al normale.

"Il letto è piccolo. Se vogliamo riposare, credo che dovremmo toglierci almeno parte dei vestiti."

Dovremmo toglierci i vestiti? "Non potete volere che io faccia lo stesso."

Il pensiero di giacere accanto a lei nel letto stretto era già un tormento, ma se fossero stati quasi nudi… Hugh non era sicuro di avere la forza d'animo né la buona grazia per sopportarlo.

"Voi vi siete tolto la giacca e il gilet all'Uccello Vorace."

La parola "uccello" sulle labbra della giovane in quel particolare momento provocò in lui una fitta di desiderio che Hugh si sforzò di ignorare. Non riuscì a trattenersi dal guardarla. "Non abbiamo condiviso un letto, laggiù."

"I vostri piedi lo hanno fatto." La giovane gli rivolse uno sguardo impertinente, le labbra che si curvavano in un sorriso sensuale… *Sensuale?*

Per poco Hugh non gemette di nuovo.

Lady Penelope uscì dal vestito e lo appoggiò sullo schienale della sedia di legno. "Insisto." Si tolse la sottogonna e Hugh si voltò un'altra volta.

Contro ogni buonsenso, si tolse la giacca e la appese accanto al cappotto che Penelope aveva preso dall'Uccello Vorace. Quindi, si slacciò il gilet e lo appese sopra la giacca. Si era già allentato il fazzoletto, ma non se l'era tolto. Cercò di decidere se slacciarlo o meno…

"Sono nel letto con le lenzuola tirate, se volete voltarvi. E credo che dovreste togliervi il fazzoletto."

Hugh si rese conto di avere la mano ferma vicino a fazzoletto. Si voltò verso la giovane, che aveva detto il vero: aveva le coperte tirate fino al mento.

Di fronte agli occhi di Hugh apparve una sconcertante e allettante visione di lei accoccolata nel suo letto, a casa. Il pensiero di tornare da lei dopo una giornata di lavoro lo colmò di un desiderio violento. Poi la immaginò che lavorava con lui, aiutandolo a prendersi cura di persone come gli orfani della signora Boyle. Non ci voleva molto sforzo per immaginarlo.

Il che rendeva bruciante la realtà. Pen non era sua moglie e non lo sarebbe mai stata. Provenivano da luoghi diversi. Un parroco non aveva speranza di sposare la figlia di un marchese. E la figlia di un marchese, certamente, non avrebbe mai voluto sposare un parroco.

Hugh avrebbe davvero fatto meglio a dormire in sagrestia.

"Non venite a letto?" chiese Pen. "Ho freddo."

Non venite a letto?

La domanda fece sì che il suo sogno tornasse reale e lui fu tentato di abbracciarlo.

Pen tremò e Hugh decise di buttare al vento la cautela. Si strappò di dosso il fazzoletto e lo appese al gancio sul quale si trovavano la sua giacca e il suo gilet. Poi si recò al letto e si infilò sotto le coperte, supino, accanto a lei, prima che potesse ripensarci.

Il letto era incredibilmente piccolo. Beh, non incredibilmente, considerato che ci stavano entrambi. Ma si stava molto stretti e che gli venisse un colpo se non era meraviglioso.

Penelope poteva anche aver freddo, ma il suo corpo minuto era deliziosamente caldo contro quello di Hugh e il suo profumo di lavanda accattivava l'olfatto. La giovane rotolò su un fianco, nella sua direzione, lasciandogli più spazio. Questo gli fece venire voglia di voltarsi a sua volta verso di lei. Ma lui non lo fece.

"Come fate?" La voce di Pen era bassa e lei gli appoggiò una mano sul bicipite. Era un tocco gen-

tile, ma l'affinità– da parte di Hugh, perlomeno –
era qualcosa di elettrico.

"A fare cosa?" Hugh resistette all'impulso di voltarsi verso di lei.

"A prendervi cura di tutte le persone di St. Giles. Dev'essere un peso gravoso."

"Non lo è." Arresosi, lui si voltò su un fianco, verso la giovane. "Non sempre, a ogni modo. Ho imparato che non posso salvare tutti."

"È il caso di Joseph?"

Hugh serrò le labbra. "Spero di no. Continuerò a tentare fino a quando entrambi avremo fiato." Una familiare fitta di tristezza lo colse al cuore. Cercava di salvare tutti, ma sapeva che ciò non era possibile.

"Voi siete un uomo magnifico, Hugh. St. Giles è fortunata ad avervi." La giovane si sporse e premette le labbra contro le sue.

Il bacio fu delicato, splendido e fin troppo breve.

"Buonanotte." Pen si appoggiò al cuscino e chiuse gli occhi.

"Buonanotte," mormorò Hugh.

Ci volle un po' di tempo prima che si addormentasse. E quando lo fece, sognò lei e un futuro che non sarebbe mai esistito.

~

*L*a presenza calda contro la schiena di Penelope le dava una sensazione di conforto che lei non aveva mai provato prima. Impiegò un istante, mentre la sua mente e il suo corpo si svegliavano, a ricordare che non era sola a letto. Hugh era con lei.

Tenendo gli occhi chiusi, sorrise teneramente mentre si spingeva all'indietro, accoccolandosi nell'abbraccio del pastore. Perché di un abbraccio si trattava: il braccio dell'uomo era avvolto attorno al suo fianco, il palmo contro il suo addome. Il tocco dell'uomo era di un'intimità sconvolgente, ma non sgradevole. Nel giro di una notte, Penelope era diventata una donna lasciva.

O forse era solo diventata la donna che voleva essere.

Allungò una mano alle sue spalle e toccò la coscia dell'uomo, dapprima con esitazione e poi con maggior sicurezza. Hugh era caldo e muscoloso e lei si chiese che sensazione le avrebbe dato se non avesse avuto i pantaloni. Fece scivolare la mano verso il basso, fino al ginocchio, e poi nella direzione opposta, sfiorandogli l'interno della coscia.

L'uomo si mosse, spingendo l'inguine verso il suo posteriore. Qualcosa di duro premette contro di lei. Penelope spalancò gli occhi quando si rese conto di cosa fosse.

Il suo cuore mancò un battito, poi accelerò. Quindi, la mano dell'uomo si mosse, facendo battere ancora più forte il cuore di Penelope. Il palmo del pastore scivolò lungo il suo ventre, verso il suo sesso.

Hugh chiuse la mano, toccandola, e lei gemette.

L'uomo si immobilizzò all'istante. Poi cominciò ad allontanare la mano. Le si voltò verso di lui. Hugh aveva gli occhi aperti e i lineamenti contratti in una maschera quasi di sofferenza.

"Chiedo scusa," disse il pastore con voce roca. Chissà se ciò era dovuto al sonno o all'eccitazione.

"Non c'è nulla per cui scusarsi. A meno che non abbiate intenzione di smettere."

L'uomo esitò. "Certo che ho intenzione di smettere. Cosa vorreste che io facessi?"

"Continuate."

L'uomo impallidì e lei gli toccò il viso con una

mano. La mascella di Hugh era ruvida per l'ombra di barba. "Era... piacevole." Emise un suono di disgusto. "No, non *piacevole*. Era eccitante. Nuovo. È sbagliato, da parte mia, voler sperimentare ciò che viene dopo?"

"No, non è sbagliato. Ma è sbagliato da parte nostra giacere insieme." Hugh *suonava* anche sofferente.

"Non vi sto chiedendo di farlo." Ma all'improvviso, Penelope lo immaginò... almeno per quello che poteva. L'idea che lui, che quella parte di lui che lei aveva sentito prima di voltarsi, la riempisse dove ora pulsava una deliziosa fame, catturò la sua immaginazione. "Non riesco a non chiedermi come sarebbe farlo. Con voi."

Il pastore chiuse gli occhi per un istante e un lieve gemito risuonò nella sua gola. Quando egli riaprì gli occhi, il loro centro parve ardere particolarmente forte. "Pen, voi mi state tentando fino ai limiti del mio onore."

"Sarebbe disonorevole darmi piacere?" Penelope non avrebbe voluto insistere, davvero, ma quel momento era troppo prezioso per lasciarlo passare. E se non avesse mai avuto di nuovo l'occasione? "Presto potrei essere nel Lancashire ed esiste la possibilità concreta che trascorra il resto della mia vita da zitella."

La fronte dell'uomo si aggrottò e lui si accigliò leggermente. "Spero di no. Per rispondere alla vostra domanda, potrebbe anche non essere disonorevole, ma di sicuro va oltre i limiti della decenza."

"Non mi importa della decenza. Sebbene importasse, non avrei mai cercato di rendermi assolutamente inappetibile."

"La decenza è parte integrante del vostro piano. Senza di essa, non ci sarebbe motivo di sparire e di falsificare la vostra rovina per evitare il matrimonio. In assenza delle norme sociali, sareste comunque una moglie accettabile." Hugh ebbe un sussulto. "Sapete cosa intendo. Spero."

Era un'osservazione accurata, per quanto fastidiosa, ma anche Penelope aveva qualcosa da dire. "Orchestrando uno scandalo, ho dimostrato il mio disprezzo per le stupide regole della società. E se proprio devo essere rovinata, tanto vale esserlo davvero."

"Non fosse che mi avete anche detto che un giorno potreste volervi sposare."

"Chissà cosa succederà? Come ho detto, potrei trascorrere il resto della mia vita come una zitella devastata dal rimorso."

"La vostra argomentazione è solida." Hugh serrò le labbra e il suo cipiglio si accentuò. "Ma io sono un parroco e questa è la mia chiesa. Dovete capire che non posso essere io a soddisfare la vostra curiosità."

Penelope avrebbe voluto osservare che la sua era più che curiosità, ma *non* voleva assillarlo. Aveva ancora una mano attorno alla sua mascella e la spostò sulla nuca di lui. Sporgendosi in avanti, lo baciò per un attimo, poi mormorò: "Capisco. Ma lo rimpiangerò comunque." Ciò detto, portò nuovamente le labbra a quelle di Hugh.

Il gemito che sfuggì dalla gola dell'uomo era più forte, questa volta, e molto più animalesco. Egli rotolò velocemente, coprendola col suo corpo mentre la premeva col proprio peso contro il materasso.

Fu una sensazione bizzarra, sconvolgente e assolutamente divina.

La bocca di Hugh si aprì sopra la sua e lei ricambiò con voracità il bacio, toccandogli la lingua mentre lui gliela infilava in bocca. Si tenne aggrappata al suo collo mentre le mani dell'uomo le scostavano i capelli dal viso. Hugh prese posto tra le sue gambe e lei avvertì di nuovo la pressione del suo sesso. Era caldo e duro e Penelope ardeva di desiderio.

D'istinto, sollevò l'inguine e cercò un contatto maggiore. Hugh rispose muovendosi contro di lei e, sebbene fossero separati dalla sottoveste di Penelope e dagli indumenti dell'uomo, il contatto generò un'eccitazione così intensa che lei sussultò nella bocca del pastore.

L'uomo inclinò la testa, approfondendo il bacio, cosa che Penelope avrebbe giurato fosse impossibile. Si sentiva completamente divorata ed era magnifico. Affondò le dita nella nuca di Hugh e gli strattonò i capelli mentre la fame dentro di lei si faceva più intensa.

I loro corpi si mossero insieme – bocche, petti, inguine – e Penelope capì che stava galoppando verso qualcosa di cui non conosceva il nome. Qualcosa che l'avrebbe cambiata per sempre. Qualcosa che solo lui poteva darle.

Un attrito spettacolare si intensificò tra le sue gambe. Lei si mosse più velocemente, inarcandosi sopra il letto. Muovendo le mani lungo la schiena dell'uomo, gli afferrò i fianchi, incoraggiandolo a darle di più.

Hugh staccò le labbra dalle sue e le appoggiò una mano accanto alla testa. Respirò con affanno prima di ansimare praticamente il suo nome. "Pen, il mio curato potrebbe arrivare in qualunque momento. Non può trovarci in queste condizioni." Si spostò sul suo fianco, spingendosi in posizione seduta sul bordo del letto. "Non dovremmo nemmeno esserci, in queste condizioni," borbottò.

Il rumore di una persona all'esterno della porta provocò l'allarme di Penelope... nonché la sua frustrazione.

"Nascondetevi sotto le coperte." Hugh balzò fuori dal letto e corse a prendere il gilet, che indossò sopra la camicia orrendamente spiegazzata.

"Queste interruzioni stanno diventando fastidiose," mormorò Penelope mentre si infilava sotto le coperte e se le tirava sopra la testa.

Un attimo dopo, udì la porta aprirsi. Hugh parlò a bassa voce, al punto che lei non riuscì a distinguere le sue parole. Poi udì distintamente: "Andiamo in sagrestia."

Quando il suono di una porta che si chiudeva raggiunse le orecchie di Penelope, lei sbirciò fuori da sotto le coperte e vide che la stanza era vuota. Abbassate le coperte, fissò una crepa in un angolo del soffitto. Dentro di sé, si sentiva così: ancora intera, ma indebolita. Chiuse gli occhi per scacciare quella visione.

No.

Aprì gli occhi e gettò da parte le coperte prima di mettersi seduta. Era crepata dentro da che aveva memoria, ma non era debole. Beh, lo era stata in passato, ma si rifiutava di continuare a esserlo. Ecco perché aveva messo in atto quel piano. Che non si era svolto come lei aveva immaginato: si era evoluto in maniera decisamente migliore.

E ora era giunto il momento di concludere la sua avventura. Era giunto il momento di tornare a casa e affrontare il futuro.

Da sola.

Non provava paura né tristezza. Perché avrebbe dovuto? Era *sempre* stata sola, almeno dal punto di vista emotivo. Ora sarebbe stata sola dal punto di vista fisico: senza genitori, senza marito, senza aspettative alle quali lei non voleva andare incontro.

La solitudine era cosa buona.

CAPITOLO 8

*H*ugh aveva preso giacca, fazzoletto e stivali prima di lasciare Pen da sola a vestirsi. O perlomeno, lui *sperava* che si stesse vestendo.

Passandosi una mano sul viso, camminò fino alla parte opposta della sagrestia. Un attimo dopo, si voltò e guardò Tom, che sostava con pazienza – e in silenzio – vicino al caminetto.

"È stata una nottata particolare," disse Hugh, che non sapeva esattamente come cominciare. Aveva semplicemente detto a Tom che doveva parlargli di una faccenda importante.

"C'è qualcuno nel letto?" chiese Tom.

Hugh esalò rumorosamente il fiato. "Sì. Una giovane donna che ho salvato da un rapimento a opera di Joseph Tully, ieri."

Tom aggrottò la fronte. "Pensavo che aveste fatto grandi progressi con lui."

"Anch'io," disse Hugh. "Spero di riuscire a farne ancora, ma è stata una delusione scoprirlo impegnato in certe attività. E con la figlia di un marchese, peraltro."

"Un marchese?" Tom spalancò gli occhi. "Come ha fatto?"

"È una storia lunga, che vede coinvolte Maisie Evans, credo, e lady Penelope, figlia del marchese di Bramber."

"Conosco quel nome," disse Tom. "È venuta in chiesa."

Hugh annuì. "Durante quelle spedizioni di beneficenza di quelle fastidiose signore di Mayfair."

Un sorriso lampeggiò per un attimo sulla bocca di Tom. "Mi pare di capire che lei non vi infastidisca?"

"No." Al contrario, dal momento in cui si era fermato a salvarla il giorno prima, Hugh ne era rimasto completamente affascinato. Faticava a capire come avesse fatto a non notarla durante una delle sue visite alla chiesa. "Presto dovrò riportarla a casa e ho bisogno del vostro aiuto."

"L'avete salvata ieri, ma la portate a casa solo adesso?" Tom suonava dubbioso e perplesso; non che Hugh potesse biasimarlo.

"So che suona bizzarro, ma c'è un buon motivo per cui non l'ho riportata ieri a Mayfair. Vi spiegherò i dettagli in seguito."

"Cosa devo fare?" chiese Tom.

"Per prima cosa, abbiamo bisogno di cibo per la colazione. Potresti correre a prendere del pane e magari una scodella di porridge dalla signora Dilley? In secondo luogo, ho bisogno del mio calesse e di un cambio d'abiti." Era già abbastanza grave che lui la portasse a casa dopo che Pen era rimasta lontana per una notte. Non poteva presentarsi a casa del marchese di Bramber con l'aria di chi aveva dormito vestito. Accanto alla figlia dell'uomo.

Tom annuì. "Vado subito."

"Ottimo, grazie."

Tom fece per voltarsi verso la stanza dove Pen, si sperava, si stava vestendo, ma cambiò direzione, dirigendosi verso la cappella del mattino. "Passerò dalla chiesa."

"Astuto," disse Hugh. "Entra dal retro, quando tornerete." Trasse un respiro profondo. "Tom, credo di dover giustificare il mio comportamento."

Tom sollevò una mano e scosse la testa. "Non dovete spiegare nulla a me. Non sono il vostro giudice. Voi siete sempre stato un esempio perfetto di grande uomo di Chiesa." Il tono di voce di Tom conteneva una forte nota di ammirazione. "Non ho idea di quale sia il comportamento a cui vi riferite e non ho bisogno di saperlo. La mia opinione di voi non è peggiorata per il fatto che siete un essere umano. Anzi, in passato avevo avuto qualche perplessità." Il sagrestano gli rivolse un veloce sorriso. "Vado a prendere la colazione." Uscì di corsa nella cappella del mattino, lasciando Hugh da solo a contemplare il proprio cattivo comportamento.

Sebbene Hugh apprezzasse il sostegno di Tom, esso non alleviava il suo biasimo nei confronti di se stesso. Avrebbe dovuto resistere alla tentazione. Ma dire di no a Pen era stato impossibile. Non perché lei era una donna affascinante che aveva mostrato attrazione nei suoi confronti, o perché lui non andava con una donna da più di tre anni. Beh, forse un po' anche per quelle ragioni. Ma soprattutto, era per via dell'ammirazione che Hugh provava nei confronti dello spirito e del coraggio di Pen, e per via del suo affetto crescente nei confronti del calore e dell'arguzia della giovane. Sebbene si fossero appena conosciuti, lui aveva la sensazione di conoscerla da molto tempo, o forse il punto era che si supponeva che lui conoscesse lei. Sì, l'intera faccenda aveva un'aura di predestinazione, qualcosa in cui lui non era sicuro di credere.

O meglio, non era stato sicuro.

La porta della stanzetta si aprì e Pen apparve

sulla soglia. Era completamente vestita, anche se, a questo punto, il suo abito era un po' spiegazzato. Si era fermata nuovamente la treccia in cima alla testa e si era lisciata i capelli, cosicché sembrava pronta per affrontare la giornata.

La giovane entrò in sagrestia e si guardò attorno. "Dov'è Tom?"

"L'ho mandato a prendere la colazione. Tornerà presto. Poi correrà a prendere il mio calesse, in modo che io vi porti a casa."

L'espressione della giovane cambiò e, se avesse dovuto descriverla, Hugh avrebbe detto che sembrava nauseata. "Vorrei non andare a casa, oggi. So che non è possibile, ma se potessi, mi fermerei più a lungo."

Hugh avvertì una fitta di disappunto, perché anche lui lo avrebbe voluto.

Lentamente, Pen lo raggiunse e il suo corpo cominciò a pulsare man mano che lei si avvicinava. "Mi è piaciuta questa notte… e questa mattina." Si fermò a poco più di mezzo metro. Il suo sguardo non vacillò mentre lo guardava e il messaggio era chiaro: non si pentiva di nulla.

Hugh si rese conto che lo stesso valeva per lui. Se avesse dovuto scegliere tra vivere i pochi, dolci momenti che aveva trascorso avviluppato a lei nel letto e no, avrebbe sempre scelto la prima opzione.

"Anche a me," disse lentamente. "Anche se, forse, è un bene che Tom sia arrivato in quel momento."

Pen inarcò un sopracciglio scuro ed elegante. "Non sono sicura di essere d'accordo, ma capisco. È stata una notte molto intensa. Da un certo punto di vista, mi sento come se fossi rimasta lontano per una settimana, invece che per una sola notte."

Hugh ridacchiò. "È decisamente comprensibile.

Da parte mia, ho la sensazione di conoscervi da ben più di una notte."

Lo sguardo di Pen si scaldò. "Lo stesso vale per me." Era una risposta dolce, ma carica di un peso che si posò sulle ossa di Hugh.

Il momento era greve, ma a cosa poteva condurre? Presto, Hugh avrebbe riportato la giovane a Mayfair, e c'era la possibilità che lei venisse mandata nel Lancashire. "Potreste scrivermi dal Lancashire," disse.

Un lampo di sorpresa apparve sui lineamenti della giovane. "Potrei."

L'impulso a riprendere da dove si erano interrotti lo trafisse. Per distrarsi e per frapporre un po' di distanza tra loro, Hugh si recò al caminetto. "In quale zona di Mayfair vivete?"

"Grosvenor Street."

Hugh sapeva che si trattava di una zona elegantissima, ma d'altra parte, il padre di Pen era marchese. Probabilmente, era molto ricco oltre che potente. Hugh avvertì un momentaneo disagio al pensiero della menzogna che avrebbero perpetrato. Lui ne faceva parte, ora. Se avesse riportato a casa Penelope il pomeriggio prima, avrebbe potuto sostenere di essere innocente e in buona fede. Ma ora era complice.

Solo se altri avessero appreso la verità.

Tom fece ritorno, entrando in sagrestia con le braccia piene di pane e di una scodella di porridge, che posò sul tavolo appoggiato a una parete. Poi si incamminò verso la stanzetta dove avevano dormito Hugh e Pen. "Vado a prendere un coltello per tagliare il pane."

"Il porridge della signora Dilley è il migliore di St. Giles," disse Hugh.

Penelope si recò a tavola e si sedette. "Voi non ne mangiate?"

"No, fate pure. A me bastano pane e miele."

"Hugh, potete darmi una mano?" chiamò Tom dall'altra stanza.

Chiedendosi come mai Tom avesse bisogno di aiuto a trovare un coltello, Hugh lo raggiunse. "È nella credenza," disse mentre entrava.

Peccato che Tom avesse già il coltello in mano. A bassa voce, il curato disse: "C'era un Runner che chiedeva di una giovane donna dai capelli scuri che indossa un abito giallo."

Hugh non era sorpreso. "Dobbiamo portarla a casa. Puoi sbrigarti a prendere il calesse?"

Tom gli porse il coltello. "Torno subito."

Altro che subito: ci sarebbe voluta più di mezz'ora perché facesse ritorno, se non addirittura quasi un'ora.

"Stai attento," disse Hugh mentre Tom usciva dalla porta sul retro.

Cosa fare nel mentre? Sfortunatamente, Hugh aveva diverse idee, nessuna delle quali era accettabile. Per quanto avesse gradito la compagnia di Pen e fosse angosciato all'idea di concludere la loro avventura, era ora di rimettere le cose al loro posto: Pen nella sua vita agiata e Hugh nella sua parrocchia.

Tornò in sagrestia, dove Pen gli rivolse un'occhiata colpevole. "Temo di aver mangiato tutto il porridge," disse la giovane.

Hugh rise. "Vi avevo detto che potevate farlo."

"Speravo di riuscire a dimostrare un minimo di autodisciplina."

Se c'era una cosa che Hugh aveva appreso nel tempo da loro trascorso insieme era che l'autodisciplina non era sempre facile, anche quando si credeva di averla padroneggiata. "Tom è andato a prendere il mio calesse. Al suo ritorno, partiremo."

"Oh." L'espressione e il tono di voce della giovane riflettevano la sua delusione. E rispecchiavano quella di Hugh. "Quanto ci metterà?"

"Non molto," disse Hugh, affettando il pane. "A breve vi riporteremo al conforto di casa vostra." Senonché lui era piuttosto sicuro che non ci fosse molto conforto per Pen in quella casa. Nonostante avesse creduto di aver imparato a conoscerla, si rendeva conto che c'erano ancora molte cose che lei non aveva rivelato. Riguardo ai propri genitori, al proprio potenziale marito, alla ragione per cui si sentiva così disperata.

Il desiderio di Hugh di proteggerla persisteva, ma lui non poteva certo salvarla dai suoi genitori. Per farlo, avrebbe dovuto sposarla, e ciò non era possibile. Non sapeva nemmeno per certo se lei *volesse* che lui lo facesse. La vita della moglie di un parroco era ben lontana da quella a cui la giovane era abituata.

Pen prese una fetta di pane. "Allora mi godrò i momenti che ci rimangono. Magari potreste parlarmi della chiesa."

Sì, quello sarebbe stato un modo sicuro per trascorrere il tempo. E mentre lo avrebbe fatto, Hugh non avrebbe pensato al fatto che quelli erano gli ultimi momenti che loro avrebbero trascorso insieme.

CAPITOLO 9

Penelope trovò molto piacevole il giro della chiesa e tutti i dettagli che Hugh condivise riguardo alla storia dell'edificio. Ma la sua parte preferita fu stare a braccetto con l'uomo mentre attraversavano la struttura.

Quando tornarono in sagrestia, lei si rese conto che il tour era finito. La delusione mise in ombra la felicità e lei dovette costringersi a togliere la mano dal braccio del pastore. "Grazie per il giro. Mi è piaciuto molto."

"Non è ancora finito," disse Hugh. "Tredici anni fa, c'è stato un furto qui in sagrestia."

Penelope si guardò attorno. "Cosa venne rubato?"

"Tutti gli oggetti di valore: la patena e il calice d'oro che Thomas Woodville lasciò in eredità alla chiesa nel 1716. Chiunque abbia rubato tutto doveva essersi preparato a trasportarlo. Il calice, da solo, pesava quasi un chilo e mezzo."

"Che cosa terribile," disse Penelope. "Hanno mai trovato i ladri o recuperato gli oggetti rubati?"

Hugh scosse la testa. "Abbiamo rimpiazzato gli oggetti sacri, naturalmente, ma io scoraggio la gente dal fare doni costosi."

"Per via dei pericoli che si corrono a St. Giles?"

"In parte, ma anche perché non vedo la loro utilità. Un costoso calice d'oro svolge forse la sua funzione meglio di uno di peltro?"

"Avete proprio i piedi per terra." Era qualcosa di molto diverso dalle stravaganze che i suoi genitori amavano e si aspettavano. Lei preferiva la semplicità di Hugh.

"È forse un difetto?" chiese con ironia il pastore.

Penelope sorrise. "Forse no. Apprezzo il vostro senso pratico." Si trattenne dall'aggiungere che lo trovava anche molto attraente. Era giunta a credere che tutto, nell'uomo, fosse attraente.

In quel momento, Tom entrò in sagrestia e fu come se una brezza gelida avesse soffiato nella stanza. Il loro tempo si era esaurito. Penelope ebbe un momento di panico al pensiero di rivedere i suoi genitori.

Andrà tutto bene. Trasse un respiro profondo per calmarsi i nervi e cercò di concentrarsi su Hugh. La forza e la competenza dell'uomo, la sua stessa presenza, erano rilassanti.

Cosa sarebbe successo quando lui non le sarebbe più stato accanto?

Il panico fece ritorno, ma Penelope rifiutò di cedervi. Le cose sarebbero andate come dovevano andare. Lei non avrebbe sposato Findon e avrebbe vissuto nel tranquillo e comodo Lancashire.

Mentre Hugh sarebbe rimasto lì a Londra.

"Il calesse è qui fuori," disse Tom. "L'ho affidato a Ned, che come al solito è stato felice di dare una mano. E i vostri abiti sono nell'altra stanza." Il sagrestano indicò col pollice la stanza in cui avevano dormito la sera prima.

"Grazie, Tom," disse Hugh prima di rivolgersi a Penelope. "Siete pronta a fare ritorno a casa?"

"Sarebbe terribile se dicessi di no?" Non era

stata sua intenzione dirlo ad alta voce, ma le parole le rotolarono dalla lingua prima che lei potesse fermarle. Non incrociò lo sguardo del pastore. "Come non detto. Sono pronta."

"No, non sarebbe terribile," mormorò Hugh. "E spero sappiate che troverete sempre rifugio qui."

"Grazie." Penelope non aveva mai avuto un posto sicuro, prima. La gentilezza dell'uomo era quasi travolgente.

"Datemi un attimo per cambiarmi." Hugh la lasciò in sagrestia con Tom.

Penelope non riusciva a non provare un certo imbarazzo nei confronti del curato: chissà cosa pensava quell'uomo della sua situazione. "Grazie per l'aiuto che ci avete prestato questa mattina. Ieri mi sono trovata in grave difficoltà e il signor Tarleton è letteralmente accorso ad aiutarmi."

"L'ho sentito. Il parroco ha la tendenza a salvare tutti quelli che incontra. O perlomeno ci prova."

Suonava proprio come lo Hugh che lei aveva imparato a conoscere così bene nel giro di una sola notte. "Lo vedo. Ieri notte ha aiutato un ragazzo in difficoltà. Questa parrocchia è fortunata ad averlo."

"È vero," concordò subito Tom.

Un attimo dopo, Hugh rientrò in sagrestia, fresco e di una bellezza quasi insopportabile con addosso gli abiti puliti. I colori erano severi – parrocosi, se poteva esistere un aggettivo del genere – ma adatti alla sua corporatura muscolosa. Una sofferenza sbocciò dentro Penelope, che temeva che la sensazione non sarebbe diminuita mai.

Il pastore le sorrise e le offrì il braccio. "È ora di andare." Nella sua voce c'era una nota di rammarico, o almeno così sembrava a lei. Forse il rammarico era tutto suo.

Guardò Tom. "Grazie di nuovo, Tom." In risposta, il curato si inchinò. "È stato un piacere, milady.

Sarò ansioso di rivedervi, nel caso doveste venirci a trovare."

Penelope non spiegò che non lo avrebbe fatto, né che sarebbe stata lontano, nel Lancashire. Dirlo ad alta voce avrebbe reso l'inappellabilità della separazione troppo reale.

Hugh la condusse attraverso la chiesa e fuori dall'ingresso principale, lungo il viale che conduceva al cancello. Il suo calesse era parcheggiato dalla parte opposta e un ragazzo stava parlando al cavallo.

"Un giorno imparerò a guidarti," disse il giovanotto quando loro arrivarono al calesse. Si voltò verso Hugh. "Buongiorno, signor Tarleton. Mi sono occupato io del vostro cavallo."

"Ti ringrazio, Ned. Sei molto bravo."

La testa scura del ragazzo si sollevò con orgoglio e anche le sue spalle parvero tendere al cielo. "Graz... *vi ringrazio*, signor Tarleton."

Hugh diede una pacca sulla spalla del ragazzo. "Bravo. Ci vedremo quando torno."

Ned annuì con entusiasmo e uscì dal cancello, dirigendosi verso la chiesa.

"Siete molto buono con lui; è palese che vi adora," disse Penelope, pensando che adorare Hugh era piuttosto facile.

"Non ha un padre: è morto in guerra. Io non posso sostituirlo, naturalmente, ma cerco di dare a Ned un po' di attenzioni paterne. Non che io abbia alcuna esperienza al riguardo."

"Non credo sia necessario essere padre per sapere comportarsi come tale." Né Penelope credeva che essere padre implicasse, di per sé, una qualche capacità in tale ambito. Bastava guardare il suo, di padre. Ripeté ciò che aveva detto a Tom. "La vostra parrocchia è molto fortunata ad avervi."

Hugh la aiutò a salire sul calesse e lei scivolò

verso l'altro lato del sedile, in modo che l'uomo prendesse posto accanto a lei. Il pastore prese le redini e le lanciò un'occhiata. "Grosvenor Street, allora?"

Penelope raddrizzò le spalle, cercando di mantenere il coraggio che aveva trovato quando aveva deciso di compiere quell'impresa. "Sì. È vicina a Grosvenor Square, ma non fa parte della piazza. La casa si trova sulla sinistra. Ve la indicherò."

Hugh guidò il calesse lungo Oxford Street, un ampio viale sempre trafficato, anche a quell'ora del mattino.

Penelope indicò la bottega di un fabbro. "Quella non è la fucina di Giles Langford?"

"Proprio così. Lo avete visto gareggiare?" chiese Hugh.

"Santo cielo, no. Non mi sarebbe mai permesso. E voi?" Penelope sapeva che le gare di corsa erano entusiasmanti e che non c'era frustino migliore di Langford. L'uomo era anche incredibilmente bello e affascinante e, da poco tempo, decisamente impegnato. Il suo matrimonio improvviso con lady Felicity Sutton era sulla bocca dell'intero *ton*.

"Sì, ho visto Langford gareggiare in diverse occasioni. Lo considero mio amico."

"Davvero?" Penelope adorava scoprire ogni piccolo dettaglio riguardo a Hugh ed era convinta che avrebbe pensato molto spesso a quei dettagli in futuro.

"Diversi bambini di St. Giles lavorano come apprendisti nella sua bottega. Inoltre, lui frequenta il Duca Malandrino."

"Sembrerebbe che molte amicizie siano nate in quella taverna."

"Credo che sia un'affermazione corretta, nonché l'obiettivo di Eastleigh e Colehaven. Loro vogliono che tutti si sentano bene accetti e a loro agio."

Sembrava un altro rifugio sicuro. Sfortunatamente, Penelope non poteva visitarlo. Ai suoi genitori sarebbe venuto un colpo apoplettico.

Prima che lei se ne rendesse conto, erano già in Bond Street. Il cuore di Penelope accelerò man mano che si avvicinavano alla casa di suo padre. Quando furono vicini a Grosvenor Street, si aggrappò al braccio di Hugh. "Accostate, per favore."

L'uomo obbedì, conducendo il calesse a bordo strada e lontano dal traffico. "Qualcosa non va?" I suoi occhi nocciola erano così familiari, ora, e la fascia dorata al centro brillava mentre l'uomo la osservava con accalorata premura.

"Ho solo bisogno di un momento." Prima dell'arrivo. Prima che lei fosse costretta a dire addio. "Non ho parole per ringraziarvi di tutto ciò che avete fatto."

"Non sono sicuro di aver fatto molto."

"Vediamo: voi mi avete protetto, il che comprende anche l'aver steso un uomo che ha cercato di entrare nella mia stanza."

Il pastore inclinò leggermente la testa. "Vero, ma comprende anche il fatto che il sottoscritto si sia preso delle libertà per impedire a un Bow Street Runner di vedervi, e non sono sicuro che dovreste ringraziarmi per questo."

Penelope udì l'auto-recriminazione nel tono di voce dell'uomo e si ribellò. "Al contrario, vi ringrazio soprattutto per quello. Non avevo mai baciato nessuno, prima." E non voleva più baciare nessun altro. Anzi, avrebbe voluto baciare Hugh, ora. Prese in considerazione l'idea di chiederglielo, ma diede per scontato che l'uomo avrebbe rifiutato. Era fin troppo onorevole.

Penelope si sporse e premette le labbra contro

quelle del pastore. Era stata sua intenzione che il bacio fosse rapido, ma una volta che le loro bocche si trovarono, lei si colmò di calore e desiderio e non riuscì ad allontanarsi. Afferrò gli avambracci dell'uomo e si tenne stretta mentre muoveva le labbra contro quelle di lui. Per fortuna, Hugh non si ritrasse. Al contrario: sembrava trovare piacevole quell'unione quanto lei.

L'uomo le toccò dolcemente la guancia. La sua mano era così grande, così forte. La sua ampiezza contro di lei la faceva sentire delicata e adorata.

Penelope aprì la bocca, ansiosa di un ultimo assaggio, una sensazione che sarebbe durata per una vita. Doveva farlo.

La lingua Hugh scivolò sulla sua, rendendo perfetto il momento e dandole la forza di affrontare ciò che doveva inevitabilmente seguire: l'abbandono.

Il bacio terminò troppo presto e Penelope aprì gli occhi, ansiosa di memorizzare ogni dettaglio del viso di Hugh: dalle sue ciglia scure al piano duro dei suoi zigomi fino alla morbida curva delle sue labbra.

"Non sono certo che sia stato molto saggio," disse Hugh.

Probabilmente no, ma era molto presto e Penelope dubitava che ci fossero in giro persone che potessero riconoscerla.

"Faremmo meglio ad andare." Hugh riportò il calesse in strada.

Quando imboccarono Grosvenor Street, il cuore di Penelope accelerò i battiti e il suo stomaco si annodò. Mentre oltrepassavano Davis Street, i palmi delle sue mani cominciarono a sudare. Forse avrebbero dovuto oltrepassare la casa e tirare dritto.

Ma per andare dove?

Ovunque, purché fossero insieme.

"Qual è la casa?" chiese Hugh, strappando Penelope dai suoi pensieri tempestosi come un rospo che afferrava un insetto a mezz'aria.

Penelope indicò la casa di suo padre, sulla sinistra. "Quella lì, con la porta nera."

Una porta nera che significava angoscia.

Hugh fermò il calesse di fronte alla casa e voltò la testa per guardare Penelope. Era come se lei avesse messo radici nel veicolo. Avrebbe voluto portarla via? Lei non poteva certo nascondersi per sempre in St. Giles con lui. Che futuro avrebbero avuto? C'era modo di far sì che Hugh prendesse in considerazione–

"Lady Penelope!" Uno degli stallieri chiamò il suo nome mentre correva verso il calesse.

Hugh scese e la aiutò a fare lo stesso.

Era troppo tardi per pensare. Troppo tardi per un altro assurdo piano.

Hugh le offrì il braccio, che lei accettò pregando che l'uomo non si rendesse conto che stava tremando.

"Va tutto bene, milady?" chiese lo stalliere, che li accompagnò lungo il viale.

"Benissimo, grazie. Potresti pensare al calesse del signor Tarleton mentre lui mi accompagna in casa?"

"Certo." Lo stalliere guardò Hugh con un misto di sospetto e curiosità e Penelope fu certa che lo staff avrebbe presto cominciato a spettegolare furiosamente.

La porta si aprì e il maggiordomo, Scrope, apparve sulla soglia. Era un uomo stoico e spesso indifferente, ma persino la sua espressione si intenerì alla vista di Penelope. Lei avvertì un attimo di disagio al pensiero di aver fatto preoccupare lo staff.

"Buongiorno, Scrope," disse. "Permettimi di

presentarti il signor Tarleton, che è stato così gentile da riportarmi a casa."

Scrope rimase di stucco, agitando le sopracciglia grigie e cespugliose. "Il signor Tarleton non—"

"Certo che no," disse Penelope, con più calma nella voce di quella che provava. "Il signor Tarleton è il parroco di St. Giles, dove mi sono ritrovata questa mattina."

"Vostro padre sarà molto sollevato di vedervi." Sollevato, non felice. Suonava corretto. "È nel suo studio. Non credo che sia andato a letto, questa notte."

Era stato davvero così preoccupato?

"Andremo subito da lui." Penelope condusse Hugh oltre le scale e fino allo studio di suo padre. La porta era socchiusa, per cui lei la aprì.

Suo padre si alzò dalla scrivania e li fissò a bocca aperta. Aveva dei cerchi scuri sotto gli occhi e i suoi capelli erano in disordine. "Cosa—" Girò attorno alla scrivania, gli occhi spalancati. "Penelope?"

Lei tolse la mano dal braccio di Hugh, non perché volesse farlo, ma perché era giunto il momento. Sentì subito la mancanza del suo tepore e della sua forza. "Buongiorno, padre. Lui è il signor Tarleton, il parroco di St. Giles."

"St. Giles? È da ieri notte che abbiamo mandato i Runner a cercarti in quel luogo infernale." Il marchese lanciò un'occhiata di sottecchi a Hugh, che Penelope, sebbene non si stessero più toccando, sentì irrigidirsi al suono della parola "infernale." "Come sei finita col signor Tarleton?"

"Sono riuscita a sfuggire ai miei rapitori e ho raggiunto la chiesa." Prima che lei potesse proseguire, suo padre parlò.

"La signora Hall si chiedeva se non fossi fuggita, ma tua madre continuava a ripetere che non lo avresti mai fatto. Poi abbiamo ricevuto la richiesta di riscatto."

Dunque, suo padre l'*aveva* ricevuta! E il *Times*?

"Cosa diceva?" chiese Penelope.

"Che avremmo dovuto consegnare una somma esorbitante – non vale la pena di ripeterla – in una locanda di St. Giles. Sfortunatamente, il messaggio non specificava quale. Chiunque ti abbia rapita è un imbecille e il fatto che tu sia riuscita a fuggire lo conferma."

Accanto a sé, Penelope sentì Hugh irrigidirsi. Non era un vero e proprio insulto, ma suo padre aveva fortemente sottinteso che i rapitori di Penelope avrebbero dovuto essere degli imbecilli dato che lei era riuscita a fuggire.

"Com'è che sei stata rapita? La signora Hall ha detto che ti sei allontanata da lei, al museo."

Ovviamente, lo chaperon non avrebbe mai detto che aveva permesso a Penelope di andare a cercare *da sola* un orecchino perduto. "Sono stata attirata fuori dal museo da un bambino bisognoso. Poi qualcuno mi ha buttato un sacco sulla testa e mi ha portato via." Le sue viscere si contrassero mentre attendeva la risposta di suo padre.

"Capisco." C'era una nota di dubbio nella voce del marchese che non rilassò minimamente i nervi di Penelope. "E come sei riuscita a fuggire?"

Penelope mantenne la voce ferma, nonostante il suo cuore galoppasse. "C'era una giovane donna – poco più di una bambina – che ha avuto pietà di me. Mi ha tolto la benda e mi ha permesso di camminare un po' per la stanza. Io ho colto l'occasione e sono riuscita a fuggire. Una volta uscita, ho riconosciuto il campanile della chiesa di St. Giles. Ero sicura che avrei trovato rifugio laggiù. Il signor Tarleton è stato più che felice di aiutarmi a tornare a casa."

"Credo che mia moglie frequenti la vostra chiesa," disse il marchese, che tese la mano a Hugh. "Grazie per aver riportato a casa mia figlia. Eravamo terribilmente preoccupati." Spostò poi l'attenzione su Penelope. "Di certo puoi almeno identificare la giovane che ti ha aiutata. La troveremo e poi troveremo i rapitori." La mascella del marchese si tese per la fredda determinazione. Penelope detestava quell'espressione.

Penelope lottò contro la rigidità che minacciava di impadronirsi del suo corpo. Non voleva sembrare tesa e nervosa. "Non ricordo il suo viso, padre. Mi dispiace." Parlò a bassa voce, caricando le parole di rammarico.

"In tal caso, potrai condurci dove sei stata trattenuta."

"Temo di non poter fare nemmeno questo," disse Penelope, con più forza di quella che possedeva. "St. Giles è un labirinto di strade e vicoli stretti e contorti. Non riuscirei mai a orientarmi."

Le punte delle dita di Hugh sfiorarono le sue mentre l'uomo raddrizzava il braccio. "Lei ha ragione. È facile perdersi, laggiù. E come avete detto voi stesso, milord, quello è un luogo *infernale*. Dubito che riuscirete a trovare i responsabili."

Penelope notò la sfumatura sarcastica, quasi infastidita, del suo tono di voce, ma dubitava che suo padre se ne sarebbe accorto, dato che non conosceva Hugh bene quanto lei.

"Immagino che voi conosciate molto bene la zona," disse il padre di Penelope. "A ogni modo, cercheremo comunque di trovarli, anche solo per evitare che rapiscano qualcun altro."

"È tornata?" La marchesa entrò nello studio, i capelli scuri raccolti in un nodo severo sulla nuca. Era pallida in viso e anche sotto i suoi occhi c'erano mezzelune viola. Il suo sguardo si illuminò alla vista di Penelope. "Eccoti!" Corse in avanti e strinse Penelope in un forte abbraccio.

Penelope incrociò lo sguardo di Hugh da sopra le spalle di sua madre. L'uomo sembrò chiederle tacitamente se andasse tutto bene. Lei spalancò gli occhi, cercando di comunicare che quel comportamento era strano.

Sollevò le braccia e diede piccole pacche imbarazzate sulla schiena di sua madre, ma per fortuna l'abbraccio fu breve. Penelope non ricordava l'ultima volta in cui era stata abbracciata – se non da Hugh – né ricordava l'ultima occasione in cui uno dei suoi genitori l'aveva guardata con un sentimento che non fosse pazienza, fastidio o semplice ambivalenza. Forse avrebbe dovuto sparire molto prima.

A parte che lei non aveva cercato l'attenzione dei suoi genitori. Aveva cercato di liberarsi dalla loro tirannia e ora la libertà era finalmente – sperava – alla sua portata.

Sua madre sorrise radiosa. "Sono felicissima che tu sia sana e salva. Come hai fatto ad arrivare qui?" Guardò il marchese e poi Hugh, e la sua espressione si fece confusa.

"Sono riuscita a sfuggire ai miei rapitori questa mattina," disse Penelope. "Ho raggiunto la chiesa, dove il signor Tarleton mi ha aiutata. Ti ricordi del signor Tarleton."

"Sì, certo." La madre di Penelope si rivolse a Hugh, le labbra serrate e il volto teso come se fosse sul punto di piangere. "Non ho parole per ringraziarvi dell'aiuto che avete prestato a mia figlia. Siete stato voi a portarla a casa, dunque?"

Hugh annuì. "È stato un onore essere d'aiuto, milady." Si inchinò.

La madre di Penelope gli sfiorò per un attimo il braccio e gli sorrise. "Siete proprio un servo di Dio in terra." Lo disse come se l'unica funzione di Hugh fosse rendere servizi alla loro famiglia.

Penelope resistette all'impulso di levare gli occhi al cielo.

"È proprio così," concordò suo padre. "E sono sicuro che possiamo contare su di lui perché ci fornisca tutte le informazioni possibili per assisterci nella cattura di quei briganti."

"Come ho già detto, dubito che li troverete… o che avrete loro notizie in futuro," disse Hugh senza fare una piega. "Ma terrò le orecchie aperte. Ora è meglio che mi congedi." Si rivolse a Penelope. "È stato un piacere assistervi. La mia chiesa è sempre aperta per voi." Le rivolse un inchino profondo e, quando si raddrizzò, qualcosa brillava nei suoi occhi. Qualcosa che, più che far vacillare le sue viscere, le attorcigliò in uno splendido garbuglio.

Il pastore si voltò poi verso i genitori di Penelope e si inchinò di nuovo. "Buona giornata."

E poi se ne andò. La sua assenza parve ristagnare nell'aria e Penelope cominciò a curvarsi. Era come se fosse stata l'energia dell'uomo a tenerla dritta.

"Oh, cara, sembrerebbe che tu abbia un malore," disse sua madre; ma la voce della marchesa conteneva più compassione che premura, la qual cosa spinse Penelope a chiudersi in se stessa. "Forse dovresti sederti."

"Forse dovrebbe dirci come ha fatto a essere tanto stupida da farsi rapire." E così, come se nulla fosse, suo padre cancellò l'illusione di preoccupazione che aveva creato.

Penelope avrebbe dovuto capire che essa non era reale.

Sua madre si accigliò nei confronti del marito, stupendo Penelope. "Non è certo stata lei a chiedere che la portassero via." Pen ebbe un sussulto interiore, da tanto sua madre si era avvicinata alla verità. "Abbiate un po' di premura."

"Ho premura della sua appetibilità come sposa," disse il padre di Penelope. "Se Findon avesse saputo, non la vorrebbe più."

Se avesse saputo?

Il panico esplose nel petto di Penelope. Maisie, quella traditrice, non aveva mandato una lettera al *Times*. Penelope riuscì a malapena a mantenere la voce ferma mentre chiedeva: "Nessuno sa cos'è accaduto?"

Suo padre la guardò inorridita. "No, grazie a Dio. Abbiamo cancellato la cena di ieri sera, dicendo che ti eri ammalata. Findon, naturalmente, è molto preoccupato e immagino che vorrà venire a trovarci il prima possibile."

"Dobbiamo dissuaderlo fino a domani," disse sua madre, sconvolgendo Penelope.

Suo padre si accigliò. "Domani dovrebbe esserci la lettura delle pubblicazioni." Il marchese trasse un respiro profondo, gonfiando il petto. "D'accordo. Le faremo leggere la settimana prossima. Il fidanzamento è praticamente formalizzato, anche se il contratto non è pronto." Il padre di Penelope la trafisse con un'occhiata affilata come un rasoio. "Sei stata usata?"

Penelope frugò nel profondo di sé, in cerca del luogo nel quale aveva imparato a rifugiarsi quando si ritrovava di fronte all'ira di suo padre. Ma la situazione era terribile. Le parole le morirono in gola. Avrebbe voluto dire che, sì, era stata usata, e che, sì, era rovinata.

Suo padre gesticolò bruscamente e sbuffò disgustato. "Non importa. Tu e Findon vi sposerete a breve."

Sua madre rivolse a Penelope un sorriso flebile.

"Qualunque cosa sia accaduto, tu sei la stessa di prima."

Penelope non lo era assolutamente. E ciò non aveva nulla a che fare con l'essere rovinata o usata o qualunque altro orribile aggettivo gli altri volessero scagliarle contro. Lei aveva trovato il coraggio, l'indipendenza e la *gentilezza*.

Sapeva che si sarebbe pentita di non aver sperimentato di più con Hugh e, in quel momento, avvertiva in maniera estremamente acuta il senso di quella perdita.

"La cena di fidanzamento sarà posticipata a mercoledì prossimo," dichiarò suo padre.

Sua madre annuì. "Manderò gli inviti dopo aver accompagnato Penelope a fare il bagno."

Penelope salì le scale con gambe di legno. Tutti quei progetti e quelle spese, e per cosa? Si trovava esattamente nella stessa posizione in cui si era trovata il giorno prima. Le avrebbero fatto sposare Findon. "È un miracolo che tu sia riuscita a scappare," blaterò sua madre mentre entravano nella stanza di Penelope. "Avresti potuto essere rovinata! Invece, diventerai contessa di Findon. Non è meraviglioso?"

Meraviglioso? Non era una parola che Penelope avrebbe accostato a lord Findon. Con le mani vagabonde, lo sguardo lascivo e un alito che avrebbe sconfitto un esercito, il conte era ben lungi dall'essere meraviglioso. Quando lei e i suoi genitori gli avevano fatto visita per porgergli le condoglianze dopo la morte del figlio, Findon aveva fatto in modo che Penelope sedesse accanto a lui sul divano, dove aveva colto ogni singola occasione per sporgersi e sfiorarla. Le aveva persino afferrato la mano, ostentando "sofferenza," e se l'era portata al petto... un attimo prima di farsela scivolare in grembo. Il marchese e la marchesa erano parsi non accorgersene e Penelope aveva capito in quel momento che a loro non sarebbe importato nulla di qualunque cosa avesse fatto il conte.

Mentre un'ondata di impotenza la travolgeva, Penelope riuscì comunque a tenere la testa alta. Non poteva crollare di fronte a sua madre. La marchesa non avrebbe capito, né tantomeno se ne sarebbe curata. Per lei, Findon era un ottimo partito: un conte dalla rendita considerevole, sebbene la sua reputazione non fosse esattamente immacolata. Altri sapevano dei suoi passatempi depravati e, dalla morte del figlio, del suo desiderio di una moglie giovane che gli desse un altro erede. La maggior parte delle giovani donne – e le loro famiglie – mantenevano una distanza di sicurezza.

Ma non i genitori di Penelope.

Quando era divenuto palese che Penelope non era riuscita a trovare marito, l'avevano spinta sulla strada di Findon. Il conte le aveva sbavato dietro per tutta la Stagione, dunque non c'era voluto molto.

La disperazione minacciò di inghiottirla. Penelope non riusciva nemmeno a trarre gioia dalla breve felicità che le aveva dato Hugh.

CAPITOLO 10

Giunto lunedì sera, Hugh era pronto a darsi all'alcol. Ovunque andasse, vedeva e sentiva la voce di Pen. Sentiva il suo odore, il suo sapore. Se solo avesse potuto toccarla.

"Tarleton!"

Il coro gioviale che accompagnava il suo nome quando entrava al Duca Malandrino, di solito, lo faceva sorridere. Quella sera, non fece altro che intensificare il dolore nel suo petto. Perché, sebbene fosse circondato da amici e sodali, non si era mai sentito più solo.

"Sedetevi qui con me," chiamò Giles Langford da un tavolo nell'angolo della sala principale.

Hugh raggiunse l'uomo un attimo prima che il suo boccale apparisse sul tavolo. Guardò la cameriera. "Cosa c'è oggi?"

"Vi ho portato la porter. So che la preferite."

Altroché, soprattutto in quel momento. Hugh prese il boccale. "Portatene un'altra, per cortesia."

La cameriera annuì e se ne andò. Hugh bevve un sorso lungo e soddisfacente prima di lasciarsi cadere sulla sedia accanto a quella di Langford.

"Sete?" chiese Langford.

Hugh grugnì in risposta.

"Brutta giornata?" lo pungolò Langford.

Hugh gli lanciò un'occhiata, si strinse nelle spalle senza fare commenti e trangugiò altra porter.

"Non posso fermarmi a lungo. Ho lasciato mia moglie da sola nella nostra bottega. Chissà cosa starà combinando. Ma parlatemi delle vostre imprese! Ho sentito dire che avete salvato una donna a St. Giles."

Hugh si immobilizzò nell'atto di portarsi il boccale alle labbra per la terza volta. "Come fate a saperlo?"

Langford sollevò una spalla. "Questa mattina, uno dei miei apprendisti era ansioso di raccontarlo."

"Qualunque cosa abbiate udito, sono certo che sia stata gonfiata." Hugh aveva cercato sul *Times* eventuali menzioni del messaggio che Maisie avrebbe dovuto spedire, ma non c'era nulla. Aveva anche rintracciato Joseph per chiedergli dove fosse andata Maisie e se avesse fatto qualcosa di ciò che aveva promesso a Pen. A quanto pareva, non era così. La donna aveva preso il denaro di Pen ed era sparita.

Joseph, d'altro canto, *aveva* inviato una richiesta di riscatto al marchese. Hugh lo aveva poi interrogato sui contenuti del messaggio e gli aveva fatto capire quanto fosse stato sciocco da parte sua quel comportamento. Joseph aveva ammesso di essersi dimenticato di specificare a quale locanda avrebbe dovuto essere consegnato il denaro del riscatto... e per fortuna.

"Colehaven! Eastleigh!"

La cameriera pose il secondo boccale di Hugh sul tavolo mentre lui lanciava un'occhiata verso la porta e guardava i duchi entrare. I due salutarono diverse persone e accettarono i boccali che la cameriera diede loro prima di raggiungere il tavolo di Hugh e di Langford.

"Stavo giusto brindando a Tarleton," disse Langford. "È un eroe: ha salvato una giovane donna dal rapimento a St. Giles, l'altro giorno."

Entrambi i duchi spostarono lo sguardo su Hugh mentre si sedevano, Cole di fronte a Hugh e Eastleigh alla sua destra. "Siamo onorati di avervi con noi," disse Eastleigh. "Voi nobilitate il Duca Malandrino."

Cole sollevò il boccale. "All'eroe di St. Giles!"

Aveva parlato a voce tanto alta che tutti i presenti in sala sollevarono i boccali ed esclamarono: "Evviva! Evviva!"

Hugh avrebbe voluto fondersi con la sedia. Poteva anche essere un eroe – e questo era discutibile – ma non aveva nulla da festeggiare.

Eastleigh posò il boccale. "Diteci come avete fatto a salvare quella giovane dal disastro."

Hugh non aveva fatto nulla del genere. A meno che il matrimonio un tempo imminente di Pen non fosse considerabile un disastro. E, dal punto di vista della giovane, lo era. Dunque, forse Hugh era davvero un eroe... almeno per lei. Sì, Pen avrebbe concordato con quella descrizione e lui non avrebbe mai voluto contraddirla. Voleva essere il suo eroe.

Solo che, e questo era ciò che lo turbava di più, Pen era riuscita a realizzare il proprio obiettivo? Non sembrava che il suo rapimento fosse diventato di pubblico dominio. A quanto pareva, non era rovinata. E tuttavia, forse era riuscita a evitare il fidanzamento. Hugh avrebbe voluto poterlo scoprire.

Non voleva rivelare troppe informazioni. "Io non sono un eroe. Semplicemente, mi sono trovato nel posto giusto al momento giusto."

Quando pensava a ciò che sarebbe potuto accadere se non avesse visto Pen... E se Ned non lo avesse colpito col volano? Hugh non si sarebbe fermato e, forse, non avrebbe notato Penelope.

"Beh, io dico che siete un eroe, ma d'altra parte so quante opere buone fate," disse Langford prima di finire la birra. Il carrozziere posò il boccale vuoto sul tavolo e si alzò. "Perdonatemi, amici: ho una bottega a cui fare ritorno. Devo prepararmi per i miei apprendisti, che grazie a Tarleton arriveranno domani mattina."

Hugh aveva fatto in modo che diversi bambini di St. Giles diventassero apprendisti presso Langford.

"Portate i miei saluti a Felicity," disse sorridendo Cole. "Senza dubbio, vi starà rivoltando la bottega."

"Nel migliore dei modi possibili." Gli occhi di Langford brillavano quando si voltò e se ne andò.

"Non è facile vedere le nostre sorelle sposate," disse Eastleigh a Cole.

"Sono le parole più vere che odo da tempo." Cole fece tintinnare il boccale contro quello di Eastleigh e i due bevvero.

"Io non ho avuto alcun problema," disse Hugh, lieto per il cambio di argomento. "Sono stato molto felice di vederle sistemarsi, anche se non più di mio fratello maggiore."

"E voi?" disse Eastleigh, osservando Hugh. "Non dovreste sposarvi presto?"

Cole annuì. "Già, pensavo che il vescovo stesse perdendo la pazienza."

Era vero, ma Hugh era riuscito a farlo desistere, almeno per il momento. Ma prima o poi sarebbe giunto il momento in cui il vescovo gli avrebbe ordinato di sposarsi. O magari avrebbe deciso che Hugh sarebbe dovuto rimanere celibe; raccomandazioni del genere non erano inusuali. Sarebbe potuto accadere anche l'indomani, dato che il vescovo sarebbe venuto in visita.

"Sarà senza dubbio compiaciuto dal vostro eroismo," disse Eastleigh prima di sorseggiare la sua birra. "Così come la giovane donna che avete salvato e la sua famiglia, immagino. Chi era lei?"

Hugh non avrebbe dovuto dirlo, ma sapeva di potersi fidare di quei due uomini, che conosceva da oltre un decennio. E bramava disperatamente avere notizie di Pen. Forse, i duchi avevano saputo qualcosa, considerata la loro posizione sociale.

Hugh abbassò la voce, riducendola a poco più di un sussurro, e fece cenno ai due di avvicinarsi. "Non potete ripetere nulla di quanto vi dirò. Lei è figlia di un marchese. Vorrei sapere come sta."

Eastleigh e Cole spalancarono gli occhi. "Quale marchese?" chiese Cole.

"Bramber." Hugh si trattenne dal fare una smorfia. Aveva fatto solo brevemente la conoscenza dell'uomo, ma non era rimasto colpito. Ma d'altro canto, era predisposto a trovarlo fortemente sgradevole.

Eastleigh esalò il fiato. "Come diamine avete fatto a immischiarvi con lady Penelope?"

"Come ho detto, ero semplicemente nel posto giusto al momento giusto." Non era esattamente quello che avevano raccontato al padre di Pen, ma quella storia non corrispondeva alla verità, che Langford aveva appreso dai pettegolezzi di quartiere. Se le due storie si fossero in qualche modo incrociate… Ma non valeva la pena di pensarci. Con un po' di fortuna, le voci che correvano in St. Giles e quelle che correvano in Mayfair non avrebbero mai raggiunto le stesse orecchie. Forse Hugh avrebbe dovuto dire a Langford di mantenere il silenzio. Sì, avrebbe fatto così. Nel mentre, voleva notizie di Pen. "Per caso avete sentito come sta, dopo che è tornata a casa?"

Eastleigh bevve un sorso dal suo boccale. "Credo che stia bene. Venerdì scorso avrebbe dovuto esserci una cena per festeggiare il suo fidanzamento col conte di Findon, ma è stata posticipata perché lei ha avuto un malore." Eastleigh fissò lo sguardo su Hugh. "Ha avuto davvero un malore?"

Hugh scosse la testa.

"Ah." Cole rivolse a Hugh un'occhiata attenta. "Sembrerebbe che la storia sia più complessa di quanto voi vogliate dare a intendere."

Hugh ignorò l'osservazione di Cole. "Dunque la cena si terrà mercoledì e lei sposerà comunque il conte?"

"Sembrerebbe di sì," disse Eastleigh. "Mia nonna è stata invitata, ma non so se riuscirà a partecipare, per via del cambiamento di data. L'agenda dei suoi impegni sociali è qualcosa di incommensurabile. E sconvolgente. Non so come faccia a seguirla."

"Alcuni dicono che si nutra delle anime dei deboli," scherzò Cole, guadagnandosi un'occhiata sarcastica da parte del suo migliore amico.

Sebbene Hugh apprezzasse l'iniezione di umorismo, era sconvolto per la notizia del fidanzamento di Pen. Era sicuro che lei non volesse sposare il conte. Tutti i piani della giovane non erano serviti a nulla.

Cole si accarezzò la mascella. "Mi chiedo se lady Penelope non avrebbe preferito rimanere scomparsa. Diana dice che non crede che lady Penelope sia entusiasta delle sue prospettive matrimoniali."

Eastleigh sbuffò. "Tua moglie ha ragione. Nessuno vuole sposare Findon."

Hugh avvolse le mani attorno al boccale. "Perché Findon è un partito tanto terribile?"

"Tanto per cominciare, potrebbe essere il nonno di lady Penelope." La spalla di Eastleigh fu scossa da un brivido.

"Inoltre, è un gran maiale. Non fa mistero di volere una moglie giovane e inesperta da usare per fare figli come una giumenta." Cole ebbe un sussulto. "Chiedo perdono per la volgarità, ma è proprio così che si esprime quell'uomo."

Eastleigh scosse la testa. "È un essere spregevole. Onestamente, non capisco come i genitori di lady Penelope possano acconsentire al matrimonio."

"Perché Bramber vuole assumere il controllo dei borghi di Findon e renderli putridi quanto i suoi." Jack Barrett, deputato, nonché cognato di Eastleigh, si sedette sulla sedia lasciata libera da Langford. "Perdonatemi. Non era mia intenzione origliare."

Hugh si maledisse in silenzio per aver permesso che il volume della conversazione si alzasse prima di voltarsi verso Barrett. "Bramber intende svendere sua figlia a un farabutto per motivi politici?"

Barrett sollevò una spalla. "È la spiegazione più sensata, dal mio punto di vista. Bramber è già abbastanza ricco e non mi viene in mente altro che Findon potrebbe avere da offrirgli." Lo sguardo di Barrett si incupì e il suo disprezzo per il marchese divenne evidente. "Bramber intesse alleanze per beneficare se stesso e nessun altro."

Era esattamente quello che aveva detto Penelope. Hugh accentuò la presa sul boccale, come se esso fosse l'unica cosa che lo teneva dritto. O seduto. Perché, in quel momento, avrebbe voluto dare la caccia a Findon e assicurarsi che questi non potesse sposare nessuno, tantomeno Pen. Inoltre, avrebbe voluto schiacciare il padre di lei sotto i suoi stivali.

L'agonia lo lacerò. Hugh sapeva che Penelope non gli apparteneva, ma l'idea che lei appartenesse a un uomo come Findon lo colmava di angoscia. Non c'era da stupirsi che Pen avesse cercato tanto disperatamente di evitare il matrimonio. Ora Hugh si pentiva di averla riportata a casa.

Ma quale sarebbe stata l'alternativa? Penelope aveva creduto di essere già sulla strada del Lancashire.

Avresti potuto sposarla tu.

La voce nel profondo della sua mente implorava di essere ascoltata da due giorni. Hugh l'aveva scacciata, dicendosi che era un'idea campata in aria. La figlia di un marchese non lo avrebbe mai sposato.

"Hugh, sembrate piuttosto interessato alla situazione coniugale di lady Penelope," osservò a bassa voce Eastleigh, la voce velata di preoccupazione e amicizia.

"Sono solo curioso." Hugh finì la birra e sbatté il boccale vuoto sul tavolo. Il suo sguardo cadde sul secondo boccale, intonso, ma lui non lo prese. "Devo andare."

Non voleva più starsene seduto lì a parlare di Pen. Non poteva. Lei era fuori dalla sua portata. Fuori dalla sua vita.

E tuttavia, si sarebbe preoccupato per lei. Le avrebbe voluto bene. *L'avrebbe rimpianta.*

Hugh lasciò la taverna e si disse che doveva concentrarsi sulla visita del vescovo, che sarebbe venuto l'indomani. Non c'era spazio, nella sua mente, per Pen; non poteva permetterlo. Perderla era già troppo doloroso, proprio come lo era stato perdere sua madre. Ma sapere di aver in qualche modo contribuito a quel futuro osteggiato da Pen

– anche solo riportandola a casa, cosa che era stato costretto a fare – lo faceva a pezzi dall'interno.

Era destinato a perdere sempre le persone a cui teneva di più?

～

Dopo aver lasciato il Duca Malandrino, Hugh era tornato a casa, dove aveva trangugiato una quantità eccessiva di brandy e un po' di porto. Ma si era ripreso in tempo per accogliere il vescovo di Londra quando questi era arrivato, in tarda mattinata. Tom condusse il vescovo Howley in sagrestia, dove aveva preparato tè e pasticcini.

"Buongiorno, signor Tarleton," disse il vescovo Howley. La sua espressione non rifletteva nulla, se non un carattere perfettamente equilibrato. Sotto certi aspetti, Hugh cercava di imitare il comportamento dell'uomo. Ma il vescovo era più riservato di Hugh e non era noto per le sue doti oratorie. Sarebbe venuto spontaneo pensare che ciò gli avrebbe impedito di fare carriera all'interno del clero, ma evidentemente così non era stato.

"Benvenuto, vescovo Howley. Voi ci onorate con la vostra presenza." Hugh indicò il divano posto davanti al caminetto, dove ardeva un modesto focherello. La mattinata era fredda e Hugh sapeva che il vescovo amava stare al caldo. "Gradite del tè?" chiese Hugh.

"Sì, grazie." Il vescovo prese posto sul divano indicatogli da Hugh. Con mezzo secolo sulle spalle, Howley aveva uno sguardo giovanile e un lungo naso acuminato che faceva pensare che non gli sfuggisse nulla, come se fosse in grado di sentire l'odore della doppiezza.

Mentre Hugh sedeva su una poltrona angolata

verso il divano, Tom versò il tè, riempì due tazze e offrì la prima al vescovo. Porse poi la seconda a Hugh, che annuì in un ringraziamento silenzioso.

"Mi pare di capire che stiate ricevendo numerose donazioni da parte delle signore del *ton*, questa primavera," disse il vescovo. "Devono esservi di grande aiuto."

"Proprio così. Non posso lamentarmi della loro generosità, anche se sarebbe magnifico ricevere libri e materiale di cancelleria per i bambini di St. Giles."

"Lo immagino. Voi fate molto per alleviare le loro sofferenze." Howley sorseggiò il tè, quindi posò la tazza sul tavolino che aveva di fronte. "Anzi, siete talmente concentrato sugli altri che oserei dire che vi dimenticate delle vostre necessità."

Hugh si preparò all'inevitabile, anche se non si era aspettato che il vescovo avrebbe introdotto l'argomento tanto presto. "Io antepongo sempre le necessità della mia parrocchia alle mie."

"Sì, siete forse il parroco più altruista che io conosca." Howley lanciò un'occhiata a Tom, che aveva preso posto su una poltrona dalla parte opposta del divano. "Voi non credete che sia ora che il signor Tarleton prenda moglie?"

Voleva cominciare con Tom? Per poco Hugh non si mise a ridere. Tom non avrebbe dato al vescovo il sostegno da lui cercato.

"Non saprei," disse umilmente Tom. "Non ho esperienza al riguardo."

Howley contrasse le labbra per un istante. "Certo che no." Il vescovo riportò l'attenzione su Hugh. "Ho trovato una splendida donna che potreste sposare. Suo marito era parroco ed è venuto a mancare dopo una breve malattia. Lei ha due figli piccoli ed è molto servizievole. Un matrimonio recherebbe grandi benefici a entrambi. Perché non venite a cena la settimana prossima?" Non era una domanda, ma un forte suggerimento.

Come poteva Hugh anche solo pensare di cenare con una potenziale sposa, figurarsi sposarla, quando l'unica donna a cui riusciva a pensare era Pen? Anche se non avrebbe certo sposato nemmeno lei.

Perché no? Perché non credeva che fosse opportuno? Perché lei era figlia di un marchese e lui era parroco? Perché lui detestava l'alta società e lei ne era l'incarnazione?

Non era giusto: Pen era completamente diversa dagli altri membri dell'alta società che lui conosceva. Forse, solo forse, c'era una lieve possibilità...

Hugh parlò senza riflettere. "Apprezzo la vostra premura, ma ho già trovato una donna che vorrei sposare."

Howley lo guardò stupito. "È una bella notizia. Sono molto lieto che siate pronto a sistemarvi. Chi è lei?"

"Non ho ancora chiesto la sua mano." Il cuore di Hugh batteva come un tamburo nel suo petto. Aveva appena deciso di chiederglielo! Anzi, non era del tutto sicuro di essersi convinto. E tuttavia, più ci pensava e più gli sembrava inevitabile farlo. Non solo inevitabile... *giusto*.

"Sono certo che accetterà." Howley prese la tazza di tè. "Qualunque donna sarebbe entusiasta di avervi come marito. Chi può dire che non farete carriera come ho fatto io?"

Sebbene ciò fosse possibile, Hugh non era interessato a salire di grado. Aveva rifiutato una posizione a Oxford, al contrario di Howley. "Sono molto soddisfatto dalla mia posizione attuale."

"L'umiltà è la vostra virtù più ammirevole," disse Howley senza traccia di ammirazione.

L'uomo parlava spesso in maniera impassibile, il che rendeva difficile distinguere le sue emozioni. O se ne provasse. "Sono lieto che abbiamo sistemato la questione… e spero che ciò sia definitivo." Howley gli rivolse un'occhiata eloquente. "Se non sarete fidanzato nel giro di due settimane, vi farò conoscere la signorina Young."

Ora Hugh aveva una scadenza. Bene così. Se non si fosse fidanzato con Pen quella settimana stessa, probabilmente non lo sarebbe mai stato.

Cosa avrebbe fatto? Sarebbe andato a trovarla a Mayfair? Pen era già fidanzata.

Doveva riflettere. E non poteva farlo ora, col vescovo di Londra seduto nella sua sagrestia.

"Parliamo della situazione della vostra parrocchia," disse il vescovo, rimettendo la tazza sul tavolo.

Hugh costrinse il suo cervello a concentrarsi e riuscì a sopportare il resto della visita senza cedere alla tentazione di pensare a Pen. Ma quando, finalmente, Howley se ne andò, Hugh era più che pronto a passare all'azione.

Il problema era che non sapeva quale fosse l'azione in questione.

Nemmeno Tom perse tempo. Quando tornò in sagrestia per rimettere in ordine, chiese: "Eravate serio, quando avete detto di voler chiedere la mano di una donna?"

"Sì. Forse. Non lo so." Hugh si sentiva come un pesce fuor d'acqua.

"Sto cercando di pensare chi potrebbe essere, ma temo di non saperlo." Tom gli rivolse un'occhiata imbarazzata. "Temo che *dovrei* saperlo. Ma l'unica donna che mi viene in mente è lady Penelope e questo mi sembra piuttosto assurdo."

Davvero? Hugh si fermò mentre raccoglieva le tazze. "Perché assurdo?"

Tom si raddrizzò dopo aver preso il vassoio coi pasticcini. "La conoscete a malapena e avete trascorso poco tempo con lei. E lei è..." Il curato chiuse la bocca e si accigliò leggermente.

"La figlia di un marchese." Hugh portò le tazze nella stanzetta annessa alla sagrestia dove aveva trascorso la notte – o buona parte di essa, comunque – con Pen. Dopo averle posate sul mobiletto accanto al lavandino, si voltò verso Tom, che lo aveva seguito.

"È *davvero* lei, giusto?" chiese a bassa voce il curato. "Siete cambiato, da quando è stata qui. Se non avessi saputo altrimenti, avrei detto che soffrivate le pene d'amore."

"E tu come avresti fatto a riconoscerle?"

Tom ridacchiò. "Non so come fosse quando voi eravate a scuola, ma è successo a tutti. Ci siamo tutti 'innamorati' della lavandaia o della cameriera, o di qualcuna in paese. Avevamo tutti scarsità di compagnia femminile, soprattutto a quell'età."

Un sorriso attraversò le labbra di Hugh quando ripensò alla sua giovinezza a Oxford. Sì, erano stati colpiti tutti da Cupido, prima o poi, anche se non era la stessa cosa. O almeno, non gli pareva che lo fosse. Forse avrebbe dovuto consultarsi con Eastleigh, che si era innamorato per davvero a Oxford. La donna in questione era ora sua moglie ed era stato proprio Hugh a sposarli.

"In ogni caso, spero non penserete che io manchi di discrezione," disse Tom, posando il vassoio dei pasticcini sulla credenza.

"Certo che no. Apprezzo il tuo consiglio. Per rispondere alla tua domanda: sì, mi trovo a essere innamorato di lady Penelope." Hugh parlò con moderazione, come aveva sempre fatto, ma dentro di lui imperversava una tempesta di emozioni, di desiderio. "Non so come giustificarlo, dato che, come hai bene osservato, noi due ci conosciamo a malapena. E tuttavia, è come se la conoscessi da molto tempo e il nostro incontro fosse destinato ad accadere. Tutto ciò che so è che, da quando è tornata a casa, non riesco a smettere di pensare a lei e la sera scorsa, quando ho scoperto che è fidanzata con un uomo disgustoso che non desidera sposare, per poco non sono andato a casa sua per rapirla una seconda volta." E voleva ancora farlo.

"Non è stata davvero rapita: voi l'avete scongiurato," osservò Tom. Aveva sentito l'intera storia – beh, quasi – di quella sera. "Cosa farete?"

"Non lo so."

"Non potete chiedere la sua mano?" chiese Tom.

"Potrei, ma considerato che lei è già promessa in sposa a un conte e che io so che si tratta di un matrimonio voluto dai suoi genitori, non credo proprio che la mia proposta sarebbe ben accetta."

Tom sbuffò. "Non è maggiorenne?"

Hugh credeva che lo fosse, proprio come sospettava che i suoi genitori si sarebbero opposti se lei fosse andata contro i loro desideri. Il che lo riportava al rapimento…

Aveva bisogno di pensare. "Vado a fare una passeggiata."

Un'ora dopo, si ritrovò a passeggiare in Hyde Park nell'ora di punta, sperando di intravedere il suo amore. La fortuna gli sorrise ancora una volta quando la notò diversi metri più in là, che camminava sul viale pedonale assieme alla madre.

Gli si mozzò il fiato. La giovane indossava un cappellino a tesa larga con un nastro rosa legato con grazia sotto al mento aguzzo. Il suo abito era color avorio, con un motivo a fiorellini rosa. Un ampio nastro rosa abbinato a quello sotto il mento le circondava le costole sotto il seno.

Perché diamine Hugh stava pensando al seno di Pen nel bel mezzo di Hyde Park?

Perché la voleva – mente, corpo, anima. Voleva rivendicarla, possederla, gridare a tutta Londra che lei gli apparteneva.

Doveva smettere di fissarla, ma era paralizzato sul posto, in estasi. Il sole batteva su di lui, scaldando il suo corpo in maniera sgradevole. Forse ciò era dovuto a lei, che risvegliava il suo desiderio fino a livelli insopportabili. Proprio quando Hugh fu sul punto di voltarsi, lo sguardo della giovane incrociò il suo. L'affinità mandò scintille nel suo cuore. Si ritrovò a camminare verso di lei e non credeva che sarebbe riuscito a fermarsi nemmeno se i mastini dell'inferno si fossero frapposti tra di loro.

La marchesa lo salutò con un sorriso. "Ma è il signor Tarleton! Che bello vedervi qui, oggi."

Hugh si inchinò prima alla marchesa e poi a Pen. Lo sguardo della giovane si soffermò nel suo, ma Hugh non aveva idea di cosa lei stesse pensando. Era felice di vederlo anche solo la metà di quanto lo era lui?

"Non sappiamo nemmeno da dove cominciare a ringraziarvi per aver salvato la nostra cara Penelope," disse a bassa voce la marchesa. "Lei ha una notizia bellissima da darvi: sposerà il duca di Findon! Dovete venire a cena da noi domani sera." La donna lanciò un'occhiata a Pen. "Non sarebbe splendido, cara?"

"Non saprei." Era un piccolo atto di ribellione, ma probabilmente era tutto ciò che Pen poteva permettersi.

"Sciocchezze; certo che lo sai." La marchesa emise una risata che non era nemmeno lontanamente genuina. "Vi prego di perdonare mia figlia. È timida, com'è giusto che sia."

Timida? Non era un aggettivo che Hugh avrebbe usato per descrivere Penelope. Circospetta, forse, ma non timida. Una donna timida non avrebbe messo in atto misure drastiche per cambiare il proprio futuro. A lui dispiaceva solo che il piano di Pen non avesse avuto successo. La giovane doveva essere devastata. Hugh avrebbe tanto voluto parlare con lei in privato.

Ma non voleva festeggiare il suo fidanzamento col conte. Non voleva nemmeno trovarsi nella stessa stanza con quell'uomo. E ciò nonostante, l'occasione di godere di un'ultima serata con Pen – persino una cena nel bel mezzo dell'alta società che Hugh detestava – era una tentazione incredibile.

"Dovete venire," insistette la marchesa. "Alle otto in punto."

Hugh non sarebbe andato, a meno che Pen non lo volesse. La guardò e vide un vago barlume di qualcosa negli occhi di lei. La speranza esplose nel suo petto. Anche se lei non ricambiava i suoi sentimenti e non lo avrebbe mai fatto, lui le doveva un'ultima offerta di aiuto... sempre che lei fosse d'accordo.

Sorrise alla marchesa. "Vi ringrazio per il vostro gentile invito. Sarei felicissimo di accettare." Si inchinò nuovamente, prima alla donna e poi a Pen. "Sono ansioso di rivedervi, lady Penelope."

La giovane inclinò la testa. "Sono lieta che verrete," mormorò.

"Buon pomeriggio, signor Tarleton." La marchesa sospinse Pen oltre Hugh.

Hugh si voltò per guardarle allontanarsi. Cosa diavolo aveva appena accettato? Non sapeva minimamente come ci si comportasse a una cena in società. Aveva bisogno di aiuto.

Per fortuna, sapeva esattamente dove trovarlo.

Le gambe di Penelope tremolavano e il suo cuore batteva all'impazzata mentre si allontanava da Hugh. Vederlo le aveva dato una scarica di gioia e di disperazione in egual misura. In quel momento, voleva tenersi stretta la gioia.

Aveva creduto che non lo avrebbe mai più rivisto: sua madre le aveva proibito di tornare a visitare la parrocchia del pastore, sostenendo che fosse troppo pericoloso. Ma lei lo *avrebbe* rivisto. L'indomani, alla cena per il suo fidanzamento.

La disperazione cominciò a eclissare la gioia.

Non era più, semplicemente, solo una questione di non voler sposare Findon. Penelope voleva Hugh.

Il pastore era la persona più gentile e meravigliosa che lei avesse mai conosciuto. Era come se fosse entrato nella sua vita per mostrarle ciò che si era persa, ciò di cui aveva bisogno. Ogni altra parte del suo piano era fallita; lei avrebbe comunque sposato Findon. Con l'eccezione dell'incontro con Hugh, il piano era stato assolutamente inutile.

Il che significava che doveva esserci una ragione per cui si erano conosciuti. La sorte non poteva essere crudele al punto da allettarla con la felicità, solo per poi strappargliela.

"Spero che sappia come vestirsi," disse sua madre mentre proseguivano lungo il sentiero. "Oh, beh, immagino che non abbia importanza. Forse non avrei dovuto invitarlo, ma mi sembrava un atto di carità, non credi?"

"Se lo pensi, sì," mormorò Penelope. Quando sua madre chiedeva un'opinione, non voleva mai davvero riceverne una diversa dalla sua.

"Sì, proprio così," disse la marchesa in tono definitivo. "È il minimo che possiamo fare per esprimere la nostra gratitudine."

Penelope non era sicura che sarebbe riuscita a sopportare di vedere Findon e Hugh l'uno accanto all'altro. Uno rappresentava la vita che lei era stata cresciuta per condurre, una vita che non voleva. L'altro era un sogno che Penelope non aveva mai saputo di avere, una fiaba che non si sarebbe mai realizzata.

Quanto avrebbe voluto tornare a casa a piedi, ma non le sarebbe mai stato permesso, nemmeno in compagnia del lacchè. Da quando era tornata a casa, non era mai stata nemmeno lasciata da sola, se non durante il sonno. Se andava in giardino, qualcuno la accompagnava. Mentre era a fare acquisti o lì al parco, veniva accompagnata da sua madre e da due nerboruti lacchè. Per fortuna, i servitori erano rimasti col barroccio mentre Penelope e la marchesa andavano a fare una passeggiata.

Lady Goodrick e la signora Riddings le avvicinarono. Penelope si preparò a sopportare una conversazione noiosa tra le due donne e sua madre, all'insegna delle scarpe, dei cappelli e di quale signora avessi indossato l'abito peggiore al ballo della settimana precedente.

Mentre Penelope si sforzava di ignorare il

chiacchiericcio, lady Viola Barrett e lady Felicity Langford si incamminarono verso di lei. Entrambe erano sorelle di duchi e avevano di recente sposato gentiluomini non titolati. Ansiosa di distrarsi, Penelope si allontanò di qualche passo da sua madre.

"Posso farvi le mie congratulazioni per il vostro fidanzamento?" Lady Felicity sorrise; era chiaro che la sua felicità per Penelope era genuina.

Penelope non riuscì a sopportarlo. "Potete, ma io non le desidero particolarmente. Il mio entusiasmo per questo matrimonio è inesistente." Non appena le parole le uscirono di bocca, si rese conto di aver spalancato gli occhi e si morse l'interno della guancia. Se non altro, si era ricordata di parlare a bassa voce, per evitare che sua madre la sentisse; non che la marchesa avrebbe mai prestato attenzione ad altro che ai pettegolezzi che stava scambiando con le sue amiche.

Lady Felicity e lady Viola si scambiarono un'occhiata; poi, quando lady Felicity riportò lo sguardo su Penelope, in esso non c'era un'ombra di compassione, per la qual cosa Penelope fu estremamente grata. Invece, l'altra donna la guardò con qualcosa di simile all'incoraggiamento.

"Beh," disse lady Viola, "se gradite un consiglio su come abbandonare all'altare il vostro fidanzato, io sono felice di aiutarvi."

All'improvviso, Penelope ricordò che lady Viola aveva abbandonato il suo primo fidanzato il mattino del matrimonio, cinque anni prima. Guardò sbalordita l'altra donna. "Come ci siete riuscita?" mormorò.

"Ho semplicemente detto: 'No, grazie.'"

Lady Felicity rise. "*Non* è stato così semplice."

"No, immagino di no," disse lady Viola, esalando il fiato. "Mi sono resa conto che non sarei stata felice con Ledbury, per cui ho mandato a chiamare mio fratello e gli ho chiesto di consegnare un messaggio. In esso, mi scusavo profusamente per il turbamento che avrei provocato in Ledbury – mi dispiaceva davvero per lui – ma spiegavo che l'unione non avrebbe mai funzionato. Lui disse a mio fratello di aver capito, anche se naturalmente era molto deluso."

"Naturalmente," mormorò lady Felicity.

"Tutto qui?" chiese Penelope. Era davvero piuttosto semplice. Se solo una cosa del genere avesse potuto funzionare per Penelope. Lei temeva che, se avesse tentato uno scherzo del genere, i suoi genitori l'avrebbero cacciata di casa, e allora cosa avrebbe fatto?

Il seme di un'idea mise radici nella sua mente. Era possibile che lei avesse un futuro con Hugh? E lui lo avrebbe voluto?

"Sì, tutto qui." Lady Viola fece una lieve smorfia, aggrottando per un istante la fronte. "Ma ebbe un effetto duraturo. Divenni una paria sociale, non che la cosa mi importasse. Non è una strada per tutti."

Penelope era sicura che il fatto che la nonna di lady Viola fosse la rispettatissima – e a volte temutissima – duchessa vedova di Eastleigh non guastasse.

"Penelope!" La marchesa la chiamò e Penelope si voltò e vide che attendeva con impazienza. Lady Goodrick e la signora Riddings avevano ripreso il cammino.

"Devo andare," disse Penelope. "È stato piacevole parlare con voi."

Lady Viola allungò una mano e lei toccò l'avambraccio. "Ero sincera: se doveste avere bisogno del mio aiuto, io mi presterò volentieri. Non siete sola."

"Potete contare anche su di me," disse lady Felicity con un sorriso caloroso. "Avete degli amici, ora."

Era davvero così? I suoi genitori erano stati molto meticolosi nell'escluderla dai rapporti con le altre persone fin dall'inizio della Stagione. Una volta sposata, loro non avrebbero più avuto alcun controllo su di lei. No, quello sarebbe stato compito di Findon.

Un'ondata di disperazione la travolse mentre salutava lady Viola e lady Felicity. Con movimenti legnosi, come se fosse un burattino di cui qualcun altro tirava i fili, Penelope tornò da sua madre.

"Stai attenta alle persone con cui socializzi," la ammonì la marchesa.

"Cosa c'è che non va in lady Viola e lady Felicity?"

Sua madre contrasse le labbra. "Conosci il passato di lady Viola: non è il genere di persona con cui dovresti fare amicizia. E lady Felicity, di recente, ha sposato quel volgare e spiantato *fabbro*. Tu puoi e devi avere di molto meglio. Vieni, dobbiamo tornare a casa. Questa sera abbiamo delle feste a cui partecipare."

Penelope avrebbe voluto mettersi a urlare. Perché non era rovinata? Perché doveva ancora sopportare quella ridicola farsa? In modo che sua madre approfittasse al massimo di quel momento di notorietà. Penelope era ed era sempre stata uno strumento per l'avanzamento sociale della marchesa. Anzi, all'inizio della Stagione, sua madre avrebbe voluto che Penelope conquistasse il fratello di lady Viola o quello di lady Felicity. La reputazione di lady Viola non aveva avuto importanza, *allora*.

La marchesa la prese sottobraccio e la ricondusse al barroccio. Mentre camminavano, si fermarono altre tre volte, per fare in modo che sua madre spettegolasse e si vantasse dell'imminente matrimonio di Penelope.

Fu facile ignorare la conversazione e riflettere su cosa lei avrebbe potuto fare per evitare di sposare Findon. Avrebbe potuto contraddire sua madre e dire alla gente che era stata rovinata, ma ciò non avrebbe fatto altro che suscitare le ire dei suoi genitori e, probabilmente, le sarebbe comunque toccato Findon.

Il che lasciava una sola opzione: rifiutarsi di sposarlo, come aveva fatto lady Viola. Ciò non avrebbe solo mandato in collera i suoi genitori, ma le sarebbe anche valso l'eterna collera di suo padre. Penelope riusciva a immaginare cosa avrebbe potuto fare il marchese. Era trascorso del tempo dall'ultima volta in cui lui l'aveva percossa, ma se non fosse stato più necessario che lei mostrasse il viso in pubblico, probabilmente lo avrebbe fatto.

A meno che lei non se ne andasse. Se non avesse fatto ciò che volevano i suoi genitori e avesse rovinato qualunque possibilità futura di un matrimonio vantaggioso, qual era la sua utilità? Una delle conseguenze della sua scomparsa era stata mostrarle che era in grado di sconfiggere le sue paure e fare ciò che doveva.

E Penelope doveva fare *qualcosa*. Altrimenti, le sarebbe toccato un destino che voleva disperatamente evitare.

~

*H*ugh bussò alla porta della casa del duca di Eastleigh, in Grosvenor Square. Il maggiordomo del duca venne subito ad aprire e lo accompagnò direttamente nella biblioteca di Eastleigh. Sebbene Hugh non si recasse spesso in visita, non era la prima volta che entrava nella dimora cittadina del duca.

Pochi istanti dopo, Eastleigh – e Colehaven – lo raggiunsero. Eastleigh lo guardò con stupore. "Non riesco a immaginare cosa possa avervi portato nel cuore di Mayfair, in particolare a quest'ora."

"E con uno sguardo tanto determinato," osservò Cole.

Hugh si tolse il cappello. "Sono venuto a chiedere aiuto."

Eastleigh e Cole si scambiarono un'occhiata stupita; quindi, Eastleigh indicò una zona adibita a salotto. "Sediamoci. Gradite un rinfresco?"

"Quando saprete perché sono venuto, potreste desiderare un brandy," disse Hugh.

"D'accordo, allora beviamo del brandy." Eastleigh uscì per un istante. "Sadler ci porterà da bere," disse al suo ritorno, lasciandosi cadere su un divanetto verde scuro. "Come possiamo esservi d'aiuto? Parlo al plurale, perché avete la fortuna di avere l'assistenza di entrambi. A meno che non si tratti di una faccenda che non riguarda Cole."

"E perché non dovrebbe riguardarmi?" chiese Cole. "A seconda dell'argomento, i miei consigli potrebbero essere superiori ai tuoi. E se volesse imparare a produrre la birra?"

Eastleigh levò gli occhi al cielo e guardò Hugh. "Siete qui per imparare a produrre la birra?" Hugh scosse la testa e Eastleigh tornò a guardare Cole. "È chiaro che è venuto qui per qualcosa di molto più importante."

Cole fece una lieve smorfia, torcendo le labbra. "Mi verrebbe da dire che c'è ben poco di più importante di una buona birra, ma immagino che non sia questo l'argomento della discussione." Cole diresse la propria attenzione verso Hugh. "Sono comunque ansioso di essere d'aiuto."

Hugh scivolò in avanti sulla sedia. "Sebbene io ammetta che la birra è importante, sono qui per una questione molto diversa. Domani parteciperò alla cena data dal marchese di Bramber. Non ho nulla da indossare, né ho idea di cosa aspettarmi. Oltre al cibo."

"Ah, questo sì che è un dilemma," disse Eastleigh. "Ma siete venuto nel posto giusto."

Hugh espresse la sua gratitudine mentre il maggiordomo entrava con un vassoio e distribuiva i bicchieri di brandy. Lieto per quel ristoro, Hugh prese il bicchiere e trangugiò immediatamente un robusto sorso.

"Sadler, potresti mandare a chiamare il mio sarto?" chiese Eastleigh. "Digli che è un'emergenza e che deve venire subito."

"Immediatamente, Vostra Grazia." Sadler chinò il capo prima di uscire.

"Il vostro sarto?" chiese Hugh.

"Non preoccupatevi del conto." Eastleigh sorseggiò il suo brandy. "Come non detto. Dimentico sempre che la vostra famiglia ha denaro più che a sufficienza. La vostra vita è così modesta."

Sì, il defunto padre di Hugh prima e il più anziano dei suoi fratelli ora avevano gestito molto bene la proprietà di famiglia e, di conseguenza, lui e i suoi fratelli non sentivano la mancanza di nulla. Hugh riversava la maggior parte del suo denaro nella parrocchia, ma non sarebbe stato un problema pagare un completo nuovo. "Non ho alcun bisogno di abiti eleganti, cavalli o opere d'arte." Hugh lanciò un'occhiata al quadro sopra il caminetto.

"Nessuno ne ha bisogno," disse cupamente

Cole. Proprio come Eastleigh aveva dimenticato che la famiglia di Hugh era relativamente ricca, era facile dimenticare che Cole non aveva avuto nulla prima di ereditare a sorpresa un titolo e un patrimonio ducali.

Hugh riprese il filo della conversazione. "Grazie per aver chiamato il vostro sarto. Ora, cosa devo sapere per cenare a casa del marchese di Bramber?"

Cole finì di bere un sorso di brandy e rivolse a Hugh un'occhiata incuriosita. "Quello che vorrei sapere io è *perché* siete stato invitato alla cena di fidanzamento di lady Penelope."

Eastleigh si sporse verso Hugh. "Già, proprio così."

"Ho incontrato per caso lady Bramber e lady Penelope al parco, oggi, e la marchesa mi ha invitato," disse Hugh.

"Che strano," disse Eastleigh.

"A essere *strano* è che Hugh stesse facendo una passeggiata nel parco." Cole guardò Hugh stringendo gli occhi. "Cosa non ci state dicendo?"

Le sopracciglia chiare di Eastleigh si arrampicarono sulla sua fronte. "Oserei dire che ha qualcosa a che vedere coi misteriosi dettagli del suo salvataggio di lady Penelope."

Hugh spostò lo sguardo da Eastleigh a Cole. "Sì, il che ci porta all'altra faccenda per cui potrei aver bisogno del vostro aiuto."

"C'è dell'altro?" chiese Cole.

"Ho intenzione di chiedere a lady Penelope di sposarmi."

Cole diede una manata al bracciolo della poltrona. "Per Giove!"

Eastleigh sollevò il bicchiere di brandy. "Ottima notizia!"

"Ma lei è già fidanzata." Cole agitò la mano nell'aria. "Qualunque donna sana di mente preferirebbe voi a lui."

"Io non sono conte." Hugh non credeva che ciò importasse a Pen, ma sapeva che ciò era vero per i suoi genitori.

Eastleigh appoggiò la mano sulla coscia. "Temete che non vi dirà di sì?"

"La cosa mi preoccupa, ma temo soprattutto che non le verrà *permesso* di dire di sì."

Cole e Eastleigh si accigliarono all'unisono. "Ha un'età che le consente di prendere decisioni da sola," disse Cole.

"Sebbene ciò sia vero, è stata cresciuta con l'idea che avrebbe sposato chiunque preferissero i suoi genitori."

Eastleigh guardò Hugh. "Vorrei capire: voi avete salvato lady Penelope e, nell'intervallo di tempo che è stato necessario a portarla a casa, vi siete innamorato di lei?"

"Non ha detto di essere innamorato di lei." Cole lanciò un'occhiata a Hugh. "Lo siete?"

"Sono assolutamente innamorato di lei e ho motivo di sperare che lei potrebbe ricambiare il mio affetto."

Eastleigh fece un gran sorriso. "Beh, in tal caso faremo tutto ciò che è in nostro potere per aiutarvi. Diteci solo cosa dobbiamo fare."

"Sì, come possiamo aiutarvi?" chiese Cole, sorridendo a sua volta.

"Non ne sono ancora sicuro, ma ho abbozzato un piano e, se le cose andranno come spero, Pen e io ci sposeremo giovedì mattina a St. Giles."

Cole fissò confuso Hugh. "Non potete celebrare il vostro stesso matrimonio."

"No, ma dovremo sposarci in una delle nostre parrocchie e mi sembra più facile farlo nella mia.

Non ho alcun desiderio di rendere pubblica la faccenda prima che sia necessario farlo: preferirei sposarla il più discretamente possibile, in modo da non provocare interferenze da parte dei suoi genitori." Quella sarebbe stata la parte più difficile.

Cole strinse gli occhi. "Comincio a capire. Forse."

La bocca di Hugh si curvò in un sorriso nudo. "Sarà Tom a sposarci e io spero che voi vi unirete alla cerimonia. Sarebbe rassicurante avere due duchi presenti. Soprattutto se i genitori di lady Penelope dovessero presentarsi."

"Ma certo che ci saremo!" esclamò Eastleigh.

"Sarà molto presto," disse Hugh. "Voglio che la cerimonia inizi nel momento stesso in cui l'orologio batterà le otto." Forse, in quel modo, sarebbe stato abbastanza presto da far sì che il marchese e la marchesa non arrivassero in tempo.

Cole rabbrividì. "Santi numi, voi chiedete davvero molto. Per vostra fortuna, mia moglie tende a svegliarsi eccezionalmente presto." Il duca ammiccò, ma Hugh sapeva già che non ci sarebbe stato il minimo problema. Cole era sempre stato un amico leale. Si sarebbe presentato anche se Hugh avesse detto che il matrimonio si sarebbe tenuto all'aperto, nel cuore della notte, nel bel mezzo di una bufera.

"Immagino che non vogliate condividere il vostro piano," disse Eastleigh.

Hugh scosse la testa. Era un piano disperato, assurdo e potenzialmente foriero di rovina per tutte le persone coinvolte. "È ancora molto vago." Hugh sorseggiò il suo brandy. "Vi manderò mie notizie domani sera sul tardi."

"Attenderemo istruzioni," disse Eastleigh.

Cole sorrise da un orecchio all'altro. "Con entusiasmo."

Hugh era lieto di averli dalla sua parte; non che avesse mai dubitato del loro sostegno. "Nel frattempo, vi prego di dirmi come diamine ci si comporta a una cena."

CAPITOLO 12

*H*ugh aveva forse cambiato idea riguardo al venire?

Penelope era accanto a sua madre nel salotto del pianterreno e cercava di non continuare a fissare la porta. A ogni momento che passava, temeva sempre più che Hugh non sarebbe venuto. Sua madre si sarebbe infastidita, perché gli era già stato riservato un posto. Ma probabilmente, Hugh non poteva comprendere cose del genere.

Penelope sarebbe rimasta incredibilmente delusa – anzi, forse sarebbe stato meglio dire distrutta – se lui non fosse venuto, ma ne sarebbe quasi valsa la pena per vedere la frustrazione di sua madre. Quasi, ma non del tutto. Penelope avrebbe preferito di molto che lui venisse, soprattutto perché era riuscita a convincere sua madre ad assegnargli il posto accanto al suo. Certo, avrebbe dovuto sopportare lord Findon sull'altro lato, ma era un prezzo che era disposta a pagare. Finalmente, Hugh fece il suo ingresso. Vestito con un'immacolata giacca nera abbinata a un gilet color avorio e a un fazzoletto da collo di un bianco accecante, si presentava come il gentiluomo perfetto. A Penelope non importava cosa indossasse, ma non poteva negare che l'uomo era di una bellezza quasi insopportabile. I suoi capelli castano-ramati erano stati tagliati e acconciati in maniera impeccabile, scostati dalla fronte e a sfiorare il colletto.

Lo sguardo del pastore trovò immediatamente il suo e Penelope fu subito travolta dal calore e da una voglia feroce. Suo padre intercettò Hugh e i due parlarono per alcuni istanti. Poi, il marchese presentò Hugh a diverse persone, compreso lord Findon.

Penelope si incamminò verso di loro, detestando il pensiero che Hugh avrebbe incontrato l'uomo che lei doveva sposare. Sapeva che Findon non sarebbe piaciuto nemmeno a Hugh e che ancora meno gli sarebbe piaciuto il fatto che lei stesse per sposarlo.

Come faceva a saperlo?

Un calore si diffuse in lei, perché Hugh non aveva fatto che proteggerla e tenerla al sicuro da quando l'aveva conosciuta, una settimana prima. Era per natura un protettore ed era perfettamente normale che, d'istinto, volesse salvarla da un matrimonio indesiderato.

"Buonasera, signor Tarleton," disse non appena suo padre ebbe finito di presentare Hugh a Findon.

Hugh si inchinò elegantemente a Penelope, comportandosi da perfetto gentiluomo. "Buonasera, lady Penelope. Avete uno splendido aspetto e io sono lieto di vederlo."

"È vero, eh?" disse Findon, sorridendo in modo da snudare i denti gialli. Era una visione particolarmente sgradevole, poiché la madre di Penelope sosteneva che mostrare i denti quando si sorrideva fosse incredibilmente volgare. E tuttavia, la marchesa non trovava nulla di sbagliato in qualunque cosa Findon facesse. Né nei suoi sorrisi, né nelle sue allusioni oscene, né nelle sue mani vagabonde, che Penelope doveva impegnarsi fortemente a schivare.

Per fortuna, al momento suo padre si frapponeva tra lei e Findon.

Hugh lanciò a Findon un'occhiata piuttosto gelida… o almeno, così parve a Penelope. Agli occhi di chiunque altro, essa sarebbe forse parsa un'occhiata stoica, o persino arrogante. Continuando così, Hugh si sarebbe inserito perfettamente in società.

Il maggiordomo giunse ad annunciare che la cena era servita e Penelope fu costretta ad accettare il braccio di Findon mentre tutti si spostavano in sala da pranzo. Per fortuna, la stanza era proprio lì accanto, per cui lei non dovette mantenere il contatto a lungo. Il conte le sfiorò di lato il seno col braccio mentre lei ritraeva la mano e Penelope trattenne un brivido.

All'improvviso, Hugh le fu accanto, a tenerle la sedia. "Lady Penelope," mormorò il pastore.

Penelope cercò con lo sguardo la reazione di Findon, ma egli stava parlando con suo padre, che era seduto alla destra del conte. Rilassandosi leggermente, lei sollevò lo sguardo su Hugh. "Grazie."

Una volta che lei si fu seduta, le parole mormorate dall'uomo la raggiunsero mentre prendeva posto. "Siete bellissima."

Per la prima volta in vita sua, Penelope si *sentiva* bellissima. La gente le diceva spesso che era carina, splendida o bellissima, ma ciò non significava nulla. Lei era una bambola che sua madre vestiva e metteva in mostra. Ma quella sera, aveva davvero prestato attenzione al suo abito e ai suoi capelli e a come Hugh l'avrebbe vista.

"Voi siete molto attraente," mormorò la risposta, sporgendosi leggermente verso di lui. "Avete tagliato i capelli."

"Solo un poco," rispose a bassa voce Hugh. "Spero di non avere un'aria troppo pretenziosa."

Penelope sorrise e sollevò una mano a nascondere l'espressione, per evitare che sua madre la guardasse storto. "Assolutamente no. E poi, la pretenziosità è un tratto ammirato in società. Il che, probabilmente, è la ragione per cui voi sperate di non avere un'aria simile."

"Mi conoscete davvero bene. O almeno *credete* di farlo. Forse sono *davvero* pretenzioso."

Per poco Penelope non rise. "Allora siete nel posto giusto."

"Che cosa state mormorando laggiù?" chiese Findon, sfiorando con una mano la coscia di Penelope.

Lei strinse i denti e si spostò sulla parte opposta della sedia, nella speranza che il conte non sarebbe riuscito a raggiungerla. O che non ci avrebbe nemmeno provato, perché le sue mosse sarebbero state visibili.

"Parlavamo solo del tempo," disse piacevolmente lei.

Findon riportò l'attenzione su suo padre e lei colse l'occasione per spostare leggermente la sedia verso Hugh. Ecco, quello sarebbe servito a qualcosa.

Mentre veniva servita la zuppa, Hugh si sporse leggermente verso di lei. La sua voce era meno di un sussurro. "Ci vediamo in giardino, dopo?"

Il cuore di Penelope accelerò i battiti mentre un brivido la attraversava. Prese il cucchiaio per rinsaldare i nervi improvvisamente scossi. "Tenterò." Sarebbe stato quasi impossibile, per lei, rimanere da sola con Hugh. Ma avrebbe tentato.

La portata era quasi conclusa quando lui mormorò nuovamente nella sua direzione. "È di vitale importanza."

Anche se non lo fosse stato, Penelope avrebbe fatto tutto il possibile per esserci. Rispose con un leggero cenno del capo, perché sua madre aveva spostato lo sguardo lungo il tavolo e aveva stretto per un istante gli occhi nel guardarla.

Mentre veniva servita la portata successiva, lord Findon si sporse da dietro le spalle di Penelope e spostò lo sguardo da lei a Hugh. "Mi chiedo se non sarebbe il caso di farci sposare dal signor Tarleton. La parrocchia non è la sua, naturalmente, ma di sicuro si potrebbe trovare una soluzione." Poi sogghignò, all'apparenza compiaciuto da quel suo orribile suggerimento.

"Non oserei mai celebrare un matrimonio nella parrocchia di un altro," disse Hugh, anche se aveva fatto proprio così quando aveva sposato Eastleigh e sua moglie.

Findon agitò la forchetta. "Ah, beh, deve comunque essere molto lusinghiero sentirselo chiedere."

Penelope trattenne un gemito. Come avrebbe mai fatto a sopportare quell'uomo? Sperava di non doverlo fare.

Aveva trascorso gli ultimi giorni cercando di pensare a una nuova idea per sfuggire al matrimonio. Sfortunatamente, aveva poco denaro a disposizione, per cui non avrebbe potuto mantenersi se fosse fuggita. Inoltre, dove sarebbe potuta andare? Se fosse tornata a St. Giles, era probabile che l'avrebbero trovata, e non poteva chiedere a Hugh di tenerla nascosta.

I suoi tentativi di trovare un piano degeneravano inevitabilmente nella fantasia di sposare Hugh. Sarebbe stata al sicuro e felice, se lo avesse fatto.

Il suo sguardo si spostò sull'uomo e lei bevve il suo profilo. Quanto avrebbe voluto toccarlo, baciarlo, tenerselo stretto e non lasciarlo andare mai.

Trascorse il resto del pasto lanciando occhiate di sottecchi nella direzione di Hugh, mentre ascoltava Findon che biascicava di quanto fosse ansioso di sposarla. Dovette fare un grande sforzo per non rigettare il cibo che stava mangiando.

E poi la cena finì e lei riuscì a malapena a controllare l'entusiasmo all'idea di incontrare Hugh in giardino. Pregò che ci sarebbe riuscita. Probabilmente, sarebbe dovuta uscire di nascosto.

Hugh incrociò il suo sguardo prima che lei lasciasse la sala da pranzo assieme alle signore. Si recarono al piano di sopra, nel salotto più grande, mentre gli uomini restavano seduti a tavola per bere il loro porto.

Penelope prestò a malapena attenzione alla conversazione che la circondava e rispose alle domande che le venivano rivolte col minimo numero di parole possibili. Il suo sguardo era fisso sulla soglia, in preparazione dell'arrivo degli uomini. No, non degli uomini, solo di Hugh.

"Dov'è la mia sposa?" chiese Findon mentre entrava nel salotto. Alla vista di Penelope, barcollò leggermente, lasciando intendere che aveva ecceduto nel bere, come faceva di solito. Penelope si irrigidì, poi ebbe un sussulto quando l'uomo inciampò e per poco non cadde a terra.

Ma Hugh lo salvò, afferrandolo per il gomito e sollevandolo. Findon si raddrizzò e ondeggiò sui piedi. Hugh lo tenne stretto fino a quando Findon gli rivolse un'occhiata sdegnosa. "Sto benissimo, grazie."

Come sempre, Hugh stava aiutando qualcun altro e, per una volta, Penelope avrebbe voluto che fosse rimasto con le mani in mano. Considerata l'espressione disgustata che apparve per un attimo sul volto di Hugh, si chiese se l'uomo non stesse provando lo stesso sentimento.

Penelope si alzò dal divanetto e si recò nell'angolo, nella speranza che presto sarebbe potuta uscire non vista dalla stanza. Ma non era destino che accadesse, perché Findon, accompagnato da suo padre, la trovò.

"Lord Findon gradirebbe portarti a fare una passeggiata in giardino e io gli ho dato il mio permesso." Il padre di Penelope rivolse ai due un imperioso mezzo sorriso e indicò la portafinestra che dava sulla terrazza.

Penelope avrebbe voluto piantare i piedi. Invece, si guardò disperatamente attorno. Intravide la coda di una giacca nera che svaniva dalla soglia. Era la giacca di Hugh, perché egli non si trovava più in salotto.

Se n'era andato.

La disperazione la colmò. Senza dubbio, l'aveva visto con Findon e aveva notato il modo in cui suo padre aveva gesticolato verso la porta. Penelope non poteva biasimarlo per essersene andato. Perché mai sarebbe dovuto restare? Non potevano certo incontrarsi in giardino se Penelope era lì col suo fidanzato.

Ma quanto avrebbe voluto sapere quale fosse quella cosa di "vitale importanza"!

Forse Hugh era andato comunque in giardino? No, era un'idea che non aveva senso, perché l'uomo sarebbe potuto facilmente uscire sul terrazzo posteriore e scendere le scale all'esterno. A meno che il suo piano non prevedesse un qualche genere di sotterfugio...

Il cuore di Penelope accelerò i battiti, nonostante la mente le dicesse che stava sperando in un miracolo.

Findon le prese la mano e se la mise attorno al braccio. L'arto era debole e sottile e, mentre uscivano, il conte si appoggiò a lei, usandola come sostegno. Penelope era preoccupata per la discesa in giardino. E se Findon fosse caduto? Lei sarebbe riuscita a districarsi da lui prima di precipitare a sua volta?

Pareva una metafora della vita che si estendeva di fronte a lei: incatenata a un uomo che l'avrebbe trascinata a fondo con sé.

In qualche modo, riuscirono a scendere i gradini e ad arrivare in giardino. Vicino alla casa sfarfallavano delle lanterne, ma gli angoli più remoti erano molto bui.

"Dovremmo andare laggiù," disse Findon con aria lasciva mentre indicava la parte posteriore del giardino.

"Non possiamo restare lontani a lungo," disse Penelope.

"Certo che possiamo. Siamo praticamente già sposati." Findon la trascinò lungo la strada che portava nelle ombre.

Penelope cercò di liberare la mano e di dirigersi nuovamente verso la casa. "Ma non lo siamo ancora."

Il conte le serrò la mano in una morsa, mostrando una forza insospettata. I suoi occhi scuri brillarono nella poca e pallida luce che riusciva a raggiungere quel punto così lontano dalla casa. "A nessuno importerà se prendo ciò che mi spetta qui fuori. Posso baciarvi, toccarvi o sollevarvi le gonne e farvi piegare a novanta, se lo desidero." L'uomo rise.

"Voi non farete nulla del genere." Hugh era emerso dall'oscurità alle spalle di Findon e ora stringeva nella sua presa la collottola del conte. Strattonò l'uomo per allontanarlo da Penelope.

"Chiedetele scusa per aver parlato in quel modo. E per averla minacciata." La voce di Hugh era un basso ringhio.

Findon fulminò Hugh con lo sguardo. "Non farò nulla del genere. Cosa state facendo, Tarleton? Questo non è affar vostro. Questa troia diventerà mia moglie–" Il discorso fu interrotto dal pugno di Hugh, che affondò nel ventre di Findon.

"Non parlate di lei in quel modo." Hugh tenne sollevato Findon per la schiena della giacca mentre l'uomo si accartocciava su se stesso.

"Cristo santissimo." Una nuova voce lacerò l'oscurità e, in un turbinio di corpi, qualcuno colpì Findon alla testa. Il conte cadde riverso a terra.

Penelope rimase di stucco mentre cercava di distinguere i nuovi arrivati. Erano Joseph e due suoi compari. O meglio, suoi complici. Ma qualunque ruolo avessero, lei era decisamente grata di vederli.

"Non era questo che avevo intenzione di fare," disse Hugh, accigliandosi. Guardò nella direzione della casa. "Non abbiamo molto tempo." Il pastore si mise di fronte a lei e le prese la mano. "Penelope, volete sposarmi?"

Penelope faticava a credere a ciò che era appena accaduto, per non parlare di ciò che stava accadendo ora. Hugh le aveva chiesto di sposarlo? "Volete che io diventi vostra moglie?"

Le labbra dell'uomo si allargarono in un sorriso da sciogliere le ossa. "Più di ogni altra cosa al mondo."

La felicità la invase, piegandole le ginocchia. Penelope si aggrappò al braccio di Hugh. "Sì." Scosse la testa. "Non posso. Non avrò mai il permesso." Abbassò lo sguardo sul conte. "Non è che per caso è morto?"

Joseph si chinò e diede uno scossone a Findon. "Non sembrerebbe. Volete che lo ammazzo?"

"No," risposero all'unisono lei e Hugh. Findon era un cretino e una persona orribile, ma Penelope non lo voleva morto.

"Non siamo venuti qui per commettere un omicidio," disse cupamente Hugh.

Joseph si sfregò le mani e guardò verso Hugh e Penelope. "Già. Siamo venuti per rapirla. Finalmente." Sembrava piuttosto allegro." Diamoci una mossa, allora."

Penelope guardò sconvolta Hugh. "Siete venuto qui per rapirmi?"

"Nel caso fosse necessario." L'uomo strinse le labbra. "E ora credo che lo sia... se voi volete sposarmi. Partiremo subito e domani saremo sposati."

"Domani?" Oh, quanto lo voleva! Le pareva di essere entrata in un sogno. Non poteva essere vero.

"Siete maggiorenne, vero?" chiese Hugh, con un filo di ansia, dato che si era già procurato la licenza e aveva dichiarato che Penelope aveva raggiunto la maggiore età.

"Sì," gli assicurò lei, toccandogli il braccio. "Ho festeggiato il mio ventunesimo compleanno ad aprile."

Findon grugnì.

"Dovremmo legarlo e nasconderlo da qualche parte," suggerì uno dei compari di Joseph.

"Vorrei che fosse possibile," disse Hugh, accigliandosi. "Ma non voglio sprecare tempo. Dalla casa potrebbe arrivare qualcuno in qualsiasi momento." Il pastore guardò Penelope. "Siete pronta?"

Se lei fosse rimasta, sarebbe stata costretta a sposare il conte. I suoi genitori non le avrebbero mai permesso di sposare Hugh, non importava quanto lei lo amasse. Oh, quanto lo amava. La scelta possibile era una sola.

Spostò lo sguardo da Hugh a Joseph e di nuovo a Hugh. "Chi di voi due mi metterà un sacco sopra la testa?"

CAPITOLO 13

"Siete molto delusa dal fatto che non abbiamo portato un sacco?" chiese Hugh mentre aiutava Pen a salire sulla vettura pubblica alla quale aveva ordinato di attenderli in fondo alla strada. Salì a bordo e si mise accanto a lei e, poco dopo, erano partiti.

Pen abbassò il cappuccio del grosso mantello che Joseph aveva portato per nasconderla. "No, questo è molto meglio. Eravate ben preparati. Come facevate a sapere che sarei venuta con voi?"

"Non lo sapevo, ma come avete detto voi, ero preparato. Non sarei granché come rapitore, se non avessi un piano." Hugh era semplicemente sollevato dal fatto che la giovane avesse detto di sì. No, non solo sollevato: era anche colmo di gioia.

"Dove sono andati Joseph e i suoi uomini?" chiese lei. "Maisie non era disponibile?" Pen pose la domanda con non poco sarcasmo e lui sorrise per la sua capacità di trovare il buonumore in quel momento, proprio come aveva fatto in giardino con quel commento sul sacco.

"Sono tornati a St. Giles, immagino. Joseph mi ha riferito che Maisie è fuggita dopo il suo fallito tentativo di rapimento. Da allora, nessuno l'ha più vista." Hugh non celò la propria irritazione. Si era arrabbiato parecchio quando aveva scoperto che la donna era sparita. "Speravo fortemente di trovarla, non solo per consigliarle di cambiare comportamento, ma anche per recuperare il denaro che voi le avevate dato. Mi dispiace non esserci riuscito."

"Hugh, avete già fatto abbastanza. Più che abbastanza."

"Poiché Joseph aveva già speso il denaro pagatogli da Maisie, l'ho fatto lavorare come mio aiutante a titolo di compensazione."

Pen scosse delicatamente la testa. "Fatico a credere che abbiate messo in atto un piano tanto complesso per salvarmi da Findon."

Hugh udì lo scetticismo nella voce della giovane e avrebbe voluto inveire contro chiunque le avesse creato aspettative così basse nei confronti degli altri. "Non era davvero complesso, a meno di non considerare anche l'aiuto che ho ricevuto dai duchi di Eastleigh e di Colehaven, dato che non avevo mai partecipato a una cena in società." Voleva che Pen sapesse che c'erano molte persone che le avrebbero dato aiuto e sostegno, non solo lui. "Ho reclutato Joseph e i suoi amici nel caso fosse problematico portarvi via."

Pen si voltò verso di lui, gli occhi color dell'ambra che brillavano alla luce della lampada. "E lo è stato."

"Sì, era stata mia intenzione mantenere segreto il mio ruolo. Il piano sarebbe stato che Joseph e i suoi uomini vi rapissero mentre io restavo nell'ombra. Ma non sopportavo il modo in cui Findon vi stava trattando e temo di essermi lasciato sopraffare dalla rabbia." Hugh era frustrato da se stesso per aver perso la calma, ma Findon era persino peggiore di come lui lo avesse sentito descrivere.

"Grazie per essere intervenuto." La giovane gli

prese la mano e se la mise in grembo. "Non volevo andare in giardino con lui, ma mio padre ha insistito. Vi ho visto uscire dal salotto e ho pensato che ve ne foste andato."

Hugh le mise la mano libera sulla guancia. "Senza di voi? Mai. Vi ho chiesto di vederci in giardino. Mantengo sempre le promesse."

"Non era una promessa." La voce di Penelope aveva un suono timido e le sue guance assunsero un colorito roseo.

"Questa lo è. Guardatemi, Pen." Le accarezzò la guancia col pollice e lei sollevò lo sguardo per incrociare il suo. "Prometto di tenervi al sicuro, di amarvi e di onorarvi, e di condividere con voi tutto ciò che ho e tutto ciò che sono. Ora e per sempre."

Gli occhi della giovane si colmarono di lacrime. Lei premette le labbra contro le sue, in un bacio breve, ma intenso. "Anche io vi amo."

Hugh la strinse a sé, afferrandole la nuca e passandole un braccio attorno alla vita. Poi la baciò di nuovo, riversando in quel bacio la sua stessa anima. Trascorsero diversi lunghi istanti prima che staccasse la bocca da quella di lei. Buttò il cappello per terra e appoggiò la fronte a quella di Pen. I loro respiri si mescolarono e i loro cuori batterono allo stesso ritmo. Lui le massaggiò la nuca, affondandole le dita nei capelli, noncurante dei danni che stava facendo all'acconciatura.

"Dove stiamo andando?" chiese la giovane.

"A Seven Dials." Pen spalancò gli occhi e Hugh si affrettò a rassicurarla. "Non è peggiore di St. Giles, e io non volevo riportarvi a St. Giles, nel caso fossero andati a cercarvi laggiù. Io sono benvoluto a Seven Dials come lo sono a St. Giles, e soggiorneremo in una locanda che conosco bene. È comoda e sicura."

Pen esitò, le ciglia scure che sventolavano sulla pelle pallida. "Domani ci sposeremo?"

Hugh annuì. "Sì. Ho una licenza e Tom celebrerà il rito alla mia chiesa." Hugh indietreggiò leggermente e la guardò negli occhi. "Spero non vi dispiaccia sposarvi laggiù. Sarebbe molto importante per me e per i miei parrocchiani."

"Non vorrei sposarvi da nessun'altra parte. La vostra parrocchia è la mia parrocchia. E la vostra chiesa è la mia chiesa. Ci saranno alcuni dei vostri parrocchiani?"

"Avevo sperato di sì, ma ora non credo sia saggio invitare qualcuno. Invierò un messaggio a Tom per assicurarmi che mantenga il silenzio." Hugh si accigliò. "Temo che i vostri genitori – o i Bow Street Runner – verranno a cercarvi in casa mia o nella mia chiesa, soprattutto perché Findon ora potrà dire che ero in giardino." Hugh si era comportato in maniera sciocca, ma non riusciva a pentirsene.

Penelope impallidì, ma gli mise le mani sul viso e lo guardò con determinazione. "Non ci troveranno a Seven Dials e, anche se dovessero aspettarci domani in chiesa, ciò non avrà alcuna importanza. Nulla mi impedirà di sposarvi." Il suo sguardo era feroce, le sue mani riscaldate dal calore della sua convinzione. "*Nulla*."

Hugh la baciò; le loro labbra e le loro lingue si incontrarono e si mossero insieme come se fossero state create le une per le altre. Il profumo di lavanda di Penelope permeava i suoi sensi e soffiava sul suo desiderio già rovente. Hugh permette la mano in fondo alla schiena della giovane, attirandola contro di sé mentre cercava di ancorarsi in modo che fossero petto contro petto. Gemendo di frustrazione e di voglia, se la mise invece in grembo. Penelope sussultò nella sua bocca, ma si aggrappò con più fermezza al suo collo e la baciò con fervore ancora maggiore.

La carrozza si fermò all'improvviso, facendoli quasi rovinare a terra. Hugh strinse a sé Pen e le loro bocche si staccarono. I loro sguardi si incrociarono, colmi di calore e desiderio... e loro due risero.

"Va tutto bene?" chiese lui.

La giovane annuì. "Mai stata meglio."

Hugh guardò fuori dal finestrino. "Siamo arrivati." Aprì la portiera e scese dalla vettura, quindi aiutò Pen a fare lo stesso. Aveva già pagato il vetturino, che subito tornò a immettersi nel traffico.

Pen si appoggiò a lui e sollevò lo sguardo sull'insegna appesa sopra la porta. "La Botte da Orbi?"

Hugh ridacchiò. "Il locandiere ha un pessimo senso dell'umorismo." Ciò detto, le offrì il braccio.

Pen gli mise una mano sulla manica e gli rivolse uno sguardo diretto. "Spero che ci sia una stanza sola ad attenderci, perché non vi lascerò mai più andare."

Hugh la attirò a sé e la baciò sulla guancia prima di mormorarle contro l'orecchio: "Ottimo, perché lo stesso vale per me."

~

*P*enelope fissò la stanza con palese incredulità. Quando Hugh aveva detto che loro due avrebbero condiviso una stanza, lei aveva immaginato un letto solo. "Perché ci sono due letti?"

L'uomo chiuse la porta e tirò il chiavistello prima di recarsi alla finestra e verificare che le tende fossero ben tirate. Voltandosi, la guardò con un'espressione che nulla aveva a che vedere col rammarico o con la scusa. "A essere onesti, non sapevo esattamente cosa aspettarmi e non volevo dare per scontato che voi avreste voluto dividere un letto con me."

Penelope si mise le mani sui fianchi. Ora che aveva cominciato a perseguire ciò che voleva, non intendeva fermarsi. L'indipendenza le dava alla testa e la faceva sentire più forte. "Peccato che abbia fatto proprio quello, una settimana fa."

"Sì, ma allora non c'erano alternative."

Penelope strinse gli occhi. "Se sono arrivata fin qui con voi, a una locanda in Seven Dials, con l'intenzione di sposarvi domani mattina, non si potrebbe dare per scontato che io sia disposta a condividere un letto con voi?"

"Cerco di non dare mai nulla per scontato," disse in tutta calma Hugh. "Avevo in mente di portarvi via – sempre che voi foste d'accordo – indipendentemente dal fatto che accettaste di sposarmi o meno. Essere salvata da Findon non significava necessariamente che avreste scelto me al suo posto. Magari avreste preferito restare da sola. Io non vi avrei biasimato."

Hugh era fin troppo pacato, ma del resto, lo era anche lei. All'esterno. All'interno, era tormentata dalla solitudine e dalla disperazione, nonché, al momento, dal desiderio. "Voi non sareste rimasto deluso?"

Gli occhi dell'uomo brillavano intensamente mentre la guardava dall'altra parte della stanzetta. "Sarei rimasto distrutto, ma il mio obiettivo principale è rendervi felice. Se la vostra felicità comprende anche me, tanto meglio."

Penelope scosse la testa mentre un sorriso le sfiorava le labbra. "Siete l'uomo più altruista che ci sia." E forse non era pacato come sembrava. Non all'interno, perlomeno.

Penelope si inoltrò nella stanza e ne osservò

l'interno accogliente. C'era un piccolo focolare con alcuni carboni ardenti, due poltrone spaiate e due letti stretti. Mettendosi tra un letto e l'altro, disse: "Dato che ho scelto voi e che domani saremo sposati, uniamo i letti."

Hugh incrociò le braccia. "Per quanto ciò sia allettante – come del resto lo siete *voi* – sarà meglio aspettare il matrimonio."

Hugh non poteva certo voler fare il bacchettone. Non dopo la notte che avevano già trascorso insieme. Penelope si incamminò verso di lui, accentuando di proposito il suo ancheggiare e chiedendosi se avrebbe avuto un qualche effetto, dato che lei non aveva alcuna esperienza di seduzione. "Ho già sopportato una notte di tentazione con voi e non intendo tollerarne un'altra. Saremo sposati nel giro di poche ore."

"È proprio come dico io: saremo sposati nel giro di poche ore, dunque perché non aspettare? L'attesa sarà splendida."

Accigliandosi, Penelope si tolse il mantello. "Non so esattamente cosa accadrà tra noi a letto, ma scommetto tutto quello che possiedo *e* il denaro che ho dato a Maisie che l'attesa non sarà splendida. Sarà un tormento."

Hugh le voltò le spalle e si recò nell'armadio nell'angolo. Una delle ante pendeva a un'angolazione bizzarra e scricchiolò quando lui la aprì. "Ci sono una spazzola e altri articoli da toeletta, oltre a una camicia da notte."

Penelope lo raggiunse e vide gli articoli da lui menzionati. "Avete pensato a tutto."

"Non sono stato io. È merito delle duchesse di Eastleigh e Colehaven."

Che premurose. "Ne sono molto grata, perché preferirei non dormire col mio abito."

"Lo pensavano anche loro, dato che dovrete indossare quell'abito al vostro matrimonio. Avevano pensato di fornirvene uno, ma non sapevano per certo come avrebbe calzato."

Penelope abbassò lo sguardo sull'abito blu pavone e fu lieta di averlo scelto. Sollevò lo sguardo in quello di Hugh e parlò a bassa voce. "Ho indossato questo vestito perché è il mio preferito. Volevo essere il più bella possibile per voi."

Hugh si voltò verso di lei e le toccò la manica, accarezzando la seta tra pollice e indice. "È squisito, proprio come voi. Anch'io volevo essere il più bello possibile per voi. Questo *non* è il mio completo preferito, ma ora lo è. L'ho appena fatto confezionare. Temo che il mio guardaroba non sia adatto per andare a cena nella casa del marchese di Bramber."

"Ottimo, perché dubito che mangeremo mai più laggiù." Travolta dal bisogno di toccarlo e di essere toccata, Penelope fece un passo verso di lui e fece scivolare le braccia su per il davanti della sua giacca. Hugh era caldo e forte, il petto ampio e muscoloso sotto gli strati di vestiario. Penelope avrebbe tanto voluto vederlo in maniche di camicia, come aveva fatto l'altra sera. Anzi, voleva vederlo completamente nudo.

Il fatto che l'uomo preferisse attendere che fossero sposati era incredibilmente frustrante. Forse lei sarebbe riuscita a fargli cambiare idea.

Penelope si alzò in punta di piedi e fece scivolare le mani attorno al collo di Hugh. Dopo avergli fatto abbassare la testa, portò la bocca alla sua con abbandono entusiasta. Le labbra dell'uomo si intrecciarono alle sue e lei infilò la lingua nel suo calore.

Con un gemito mascolino, Hugh strinse a sé la sua coscia. I loro baci furono lunghi e scatenati mentre si prendevano il tempo di esplorarsi a vicenda. Penelope gli tirò i capelli e premette i palmi delle mani contro il suo collo, infilandosi sotto il colletto. Non le bastava: voleva di più.

Spostando le mani, strattonò il nodo del fazzoletto di Hugh. Una volta che la seta fu allentata, glielo tolse dal collo.

Hugh interruppe il bacio e la guardò con gli occhi stretti. "Cosa state facendo?

Lei sollevò una spalla. "Vi aiuto a prepararvi per il letto. Nemmeno voi potete dormire coi vestiti addosso." Sbirciò nell'armadio. "C'è una camicia da notte per voi, o dormirete nudo?"

"*Pen.*"

Penelope inarcò le sopracciglia con fare innocente. "Cosa c'è?" Dopo aver buttato il fazzoletto nell'armadio, si voltò e offrì la schiena all'uomo. "Potreste slacciarmi, per favore?" Quando lui esitò, aggiunse: "Non posso farlo da sola."

Con un'esalazione pesante che le scaldò la nuca, Hugh cominciò a slacciarla. Si mosse lentamente e meticolosamente, ma presto l'abito fu allentato. Penelope uscì dall'indumento e lo appese nell'armadio.

Sfilatasi la sottogonna dalle spalle, se la tolse e la appese accanto all'abito. "Il corsetto, se non vi dispiace." Ancora una volta, offrì la schiena Hugh.

Riusciva praticamente a sentire la tensione nelle sue dita mentre lui tirava i lacci. O forse era il suo fiato corto. Il desiderio puro che emanava dal suo corpo.

O forse era il desiderio *di Penelope* che proveniva dal corpo *di Penelope*.

Qualche fosse la fonte, a ogni sfioramento delle dita di Hugh contro la sua schiena, lei si perdeva sempre di più. Finalmente, la sottoveste si allentò e lei se la tolse. Dopo averla messa nell'armadio, si voltò verso di lui.

Il volto dell'uomo era teso e contratto, e lei incalzò. Infilate le mani nella sua giacca, gli sfilò l'indumento dalle spalle. Hugh se lo scrollò dalle braccia e lei lo mise nell'armadio, su un terzo appendino.

Poi cominciò a slacciargli il gilet. "Vi sto facendo cambiare idea?" La sua voce suonava profonda e torrida, completamente diversa dal normale. Ma d'altra parte, Penelope non si sentiva normale. O quantomeno, non era la Penelope che conosceva. Quella era una nuova Penelope. Una Penelope che seguiva i propri desideri. Una Penelope innamorata.

"No." La voce di Hugh si incrinò su quella singola, breve parola, e lei si morse il labbro per trattenersi dal sorridere. "Non uniremo i letti."

"Immagino che non sia necessario." Penelope gli rivolse un sorriso solare. "Sarò felice di dividere un letto solo, se necessario."

"Domani," gracchiò Hugh, chiudendo gli occhi. "Manca poco a domani."

Anche troppo.

Mentre finiva di sbottonargli il gilet, Penelope trovò l'orologio da taschino. Dopo averlo estratto, guardò l'ora.

"Hugh," disse con voce bassa e roca. "È *già* domani."

Hugh spalancò gli occhi e le sue narici si dilatarono. "Sto per sposare una donna lasciva."

Una goccia di apprensione si mescolò al coraggio di Penelope. "La cosa vi dispiace?" Aveva paura della risposta e si preparò al peggio.

"Assolutamente no. Grazie a Dio." Hugh la prese tra le braccia, sollevandola da terra, e si incamminò verso il letto. *I letti.*

L'uomo si mise tra i due letti e la fissò negli occhi. "Dubitavate di voi?" Quando lei annuì,

Hugh imprecò sottovoce. "Cercherò di non darvi mai più ragione di dubitare. Adoro il fatto che siate lasciva e che siate impaziente di cominciare la nostra vita insieme. Anche io sono impaziente. Sono vorace, forse persino folle per il desiderio, e non ho alcuna intenzione di spaventarvi. Non avevo mai sperimentato emozioni così forti, in passato."

Penelope intrecciò le dita attorno al suo collo. "Questo è un bene, giusto?"

"Di sicuro è meglio che sposarsi per altri motivi, come il dovere o le aspettative altrui."

La gioia sbocciò dentro di lei, diffondendosi in ogni centimetro del suo essere. "Sono davvero fortunata ad avervi trovato."

"Non quanto lo sono io." Hugh catturò la bocca di Penelope in un bacio bruciante. "E non fiatate." Sorrise mentre la adagiava su uno dei letti, per poi girare attorno all'altro prima di spingerli l'una contro l'altro. "Meglio?"

"Molto." Penelope si tolse le scarpe con un calcio e sollevò l'orlo della sottoveste per slacciarsi la giarrettiera.

"Aspettate, per favore." La voce di Hugh era bassa e tormentata. Con gesti rapidi, si tolse le scarpe formali e il gilet, posandole sul pavimento. Poi vennero i pantaloni, ma l'uomo si fermò prima di aver finito di sbottonare la patta. "Siete sicura di volere–"

Più audace a ogni istante che passava, Penelope si spostò all'estremità del letto dove ora si trovava l'uomo. "Se non vi togliete i vestiti, lo farò io per voi. Anzi, sarò felicissima di fornirvi aiuto." Ciò detto, mise le mani su quelle di Hugh e liberò un bottone dalla sua asola.

L'uomo inalò bruscamente e lei sentì il suo membro sotto le dita. Il calore corse al suo viso – e molto, molto più in basso – ma lei si rifiutò di lasciarsi intimidire da ciò che non conosceva.

Finì coi bottoni e abbassò i pantaloni di Hugh. Lui le prese la testa tra le mani e cominciò a toglierle le forcine dai capelli. "Voglio vedervi coi capelli sciolti."

Allontanandosi leggermente da lui in modo che l'uomo fosse costretto a lasciar cadere le mani, Penelope si tolse il resto delle forcine, fino a quando i capelli non le ricaddero sulle spalle. Prese le forcine dalla mano di Hugh e posò il tutto sul tavolo accanto al letto – quello che Hugh non aveva spostato.

Si voltò per vedere l'uomo togliersi le calze, quindi lui la raggiunse dove era inginocchiata sul materasso. La sottoveste di Penelope si era allentata e spostata quando lei aveva attraversato il letto in ginocchio, scoprendole la sommità di una spalla e la parte superiore del seno. Non aveva mai mostrato tanta nudità a nessuno, se non alla sua cameriera.

Hugh incrociò il suo sguardo e le sfiorò delicatamente la pelle nuda appena sotto la clavicola. Penelope rabbrividì.

"Avete freddo?"

"Sarebbe impossibile, quando sono con voi." Penelope afferrò la camicia di Hugh, usandola per trascinarsi fino al bordo del letto. Hugh abbassò la testa, sfiorandole con le labbra la clavicola. Le scostò i capelli per scoprirle il collo e passò le labbra fino al suo orecchio, per poi scendere di nuovo fino all'incavo della gola.

A ogni tocco delle sue labbra, Penelope provava una sensazione nuova: una pesantezza nel petto, un formicolio nel ventre, una sofferenza tra le gambe. Tutto era collegato e completamente sotto il controllo di Hugh. L'uomo le prese in mano la parte inferiore del seno e lei lo sentì fin nel nocciolo del suo essere, ansimando mentre premeva le mani contro i fianchi dell'uomo, cercando il suo calore e la sua durezza.

Afferrato l'orlo della sottoveste, Hugh le sfilò lentamente l'indumento da sopra la testa, esponendo il corpo di Penelope al suo sguardo vorace. "Siete meravigliosa," mormorò.

Penelope non lo aveva mai pensato prima: sua madre diceva sempre che era troppo magra, troppo bassa, che il suo viso non era abbastanza "vivace," qualunque cosa significasse. Ma ora, con Hugh, lei si sentiva bella e preziosa. Amata.

"Tocca a me," mormorò, attirando Hugh per la camicia.

L'uomo prese la situazione in mano, sfilandosi l'indumento di lino da sopra la testa e appendendolo a un angolo del letto. Penelope fissò il suo ampio petto. Era di una grandezza impossibile, con muscoli guizzanti e una delicata spruzzata di peli castano-ramati. Allungò timidamente una mano, premendo il palmo contro il petto dell'uomo. Con delicatezza, passò le dita sul suo capezzolo e si chiese se egli provasse un formicolio come quello che provava lei.

Hugh le portò nuovamente una mano al seno, questa volta afferrandolo, pelle contro pelle. La sua mano era calda e grande e circondò con facilità il piccolo globo. Passò il pollice sulla punta e il fiato di Penelope si mozzò. L'uomo ripeté il movimento, mandando fiamme di sensazione a lambire il suo sesso.

Poi al pollice si unì l'indice e Hugh tirò leggermente. Penelope chiuse gli occhi mentre un lieve gemito le sfuggiva di corsa dalle labbra. Hugh ripeté il gesto, ancora e ancora. Ogni volta, il piacere era più intenso; poi, egli fece la stessa cosa con l'altro seno di Penelope. Lei ebbe paura che le sfuggisse un gemito.

Una sensazione calda e umida sul capezzolo la spinse oltre il limite. Lanciò un urlo, aprendo gli occhi e vedendo che l'uomo aveva chinato la testa sul suo seno. La baciò come l'aveva baciata sulla bocca, le labbra e la lingua che le devastavano i sensi in maniera deliziosa.

Penelope si aggrappò alla sua spalla e gli afferrò la nuca, tenendosi stretta per evitare di essere spazzata via. Hugh la succhiò, tirando il capezzolo fino a farla gemere. La sofferenza tra le sue gambe crebbe e lei cominciò a capire cosa sarebbe potuto accadere.

La mano di Hugh le scivolò lungo l'addome. Le sue dita le sfiorarono il sesso. Penelope ebbe un sussulto, sconvolta dal contatto, e aprì gli occhi. Hugh la toccò di nuovo, quindi sollevò la testa. "Ditemi quando devo fermarmi, in qualunque momento, e io lo farò."

Penelope annuì, incapace di parlare. Hugh tenne lo sguardo fisso su di lei e il legame tra di loro si fece più intenso mentre le sue dita la accarezzavano tra i peli del pube e lungo le pieghe nascoste sotto di essi. Il suo tocco era sensuale e meraviglioso, ma in qualche modo insufficiente.

"Di più," mormorò Penelope, non sapendo da dove venisse quella parola. Pensare le pareva difficile mentre la sensualità prendeva il sopravvento.

Hugh la fece voltare sul letto e la guidò fino a quando lei non giacque sul copriletto. Tenendole una mano sul seno e una tra le gambe, la toccò delicatamente, stimolandola e tormentandola. Le pizzicò delicatamente il capezzolo, strappandole un lieve guaito. Poi, la penetrò con la punta di un dito; un'intrusione breve, ma benvenuta.

Poi toccò un punto sulla sommità del suo sesso,

premendo e muovendo le dita, e fu tutto ciò che lei aveva cominciato a sperare. Il piacere crebbe dentro di lei fino a sembrare una cosa viva, portandola a un livello di stimolazione che non aveva mai immaginato. C'erano solo lei e Hugh, i loro respiri, i loro corpi, il loro desiderio reciproco.

Il tocco dell'uomo sul suo seno e il suo sesso fece sì che lei venisse sommersa dal desiderio. Il suo corpo pulsò, disperatamente bramoso di ciò che doveva seguire. Poi lui la baciò, la bocca calda e umida, mentre il suo dito entrava completamente in lei.

Il corpo di Penelope si allargò e lei si ritrasse… per un momento. Hugh fece ritorno, facendo ancora una volta dentro e fuori, creando un attrito che spinse il suo corpo a sollevarsi dal letto per andare incontro ai suoi affondi. La mano dell'uomo lasciò il suo seno e raggiunse l'altra sul suo sesso, massaggiando con le dita quel punto che bramava il piacere.

Hugh le trafisse la bocca con la lingua, poi si tirò indietro, mormorando: "Venite per me, Pen. Lasciatevi andare e cadete a pezzi. Io raccoglierò tutti i frammenti e vi rimetterò insieme. Sempre."

Andò esattamente come aveva detto lui. Qualcosa dentro di lei si tese; Penelope afferrò Hugh per le spalle e si lasciò andare. L'estasi la travolse, fracassandola in molti, troppi pezzi. Ma non troppi per lui. L'avrebbe resa di nuovo integra, ora e per sempre. Di questo, Penelope era sicura.

Il letto si inarcò mentre l'uomo prendeva posto accanto a lei. Penelope aprì leggermente gli occhi, quanto bastava per vedere il suo amato viso. Un sottile velo di sudore si era formato sulla fronte di Hugh e il suo sguardo era fosco, ma l'oro al centro dei suoi occhi brillava dal desiderio.

Hugh si mise sopra di lei e prese posto tra le sue

cosce. "Sollevate le gambe e mettetele attorno a me."

Penelope fece come le aveva detto lui, passando le gambe attorno ai fianchi dell'uomo. Non si era mai sentita così aperta ed esposta. Il suo sesso pulsava di piacere: una folle combinazione di soddisfazione e bisogno. "Posso toccarvi?" chiese a bassa voce.

Hugh le prese la mano e la avvolse attorno al proprio sesso, senza mai distogliere lo sguardo dal suo.

Penelope mosse le dita sopra di lui, esplorando il suo membro. Adorava la morbidezza vellutata della pelle attorno all'acciaio duro dell'erezione. "È così grosso. E… entrerà?" Si sentì sciocca per averlo chiesto.

"Sì, ma procederò molto lentamente. Devo implorare il vostro perdono, perché questa volta non sarà probabilmente molto gradevole, soprattutto all'inizio."

Usando la mano libera, Penelope gli accarezzò una guancia e gli rivolse uno sguardo d'amore. "Mi fido di voi. Per favore, non preoccupatevi per me. Voglio farlo. Voglio *voi*."

"Visto? Sono io quello fortunato," mormorò Hugh prima di baciarla.

L'uomo mise le mani sopra le sue e guidò il proprio membro fino al suo sesso. L'esperienza fu diversa rispetto alle dita, naturalmente. Penelope si allargò molto di più per accomodarlo mentre lui avanzava lentamente. Proprio come aveva detto Hugh, si mosse lentamente, quasi troppo, mentre scivolava dentro di lei. Arrivato a metà strada, si ritrasse e ricominciò daccapo, muovendosi a una velocità leggermente maggiore. Ripeté il procedimento più volte e il disagio di averlo dentro cominciò a dissolversi. Ma poi Hugh penetrò sempre più a fondo e lei dovette mordersi la guancia per non gridare. Non le faceva male, non esattamente, ma non era del tutto piacevole.

Hugh uscì di nuovo e le baciò la fronte. "È troppo?"

Penelope scosse la testa. L'attrito dell'uscita aveva generato in lei qualcosa che le ricordava il piacere che aveva appena sperimentato. "No. Non fermatevi, per favore. Voglio arrivare dove devo arrivare. Con voi." Sollevò l'inguine e afferrò il posteriore di Hugh, attirandolo nuovamente dentro di sé.

Quell'angolazione era migliore e Hugh si spinse dentro di lei, riempiendola. Quando fece per uscire di nuovo, Penelope lo strinse a sé. "Restate qui. Per un momento." O diversi momenti. Il suo corpo si abituò a lui e la scintilla si fece più intensa. Poi, l'inguine dell'uomo ebbe un guizzo, sfregandosi contro quel punto sulla sommità del suo sesso, e lei inalò di scatto. "Ancora," implorò.

Hugh spinse l'inguine contro il suo, ruotando. Penelope affondò le dita nella sua carne e aumentò l'attrito tra i loro corpi.

"Penelope, io devo muovermi. Tenetevi stretta, amore mio."

Hugh uscì di nuovo, ma non completamente. Poi si tuffò in avanti, riempiendola di nuovo, e Penelope gemette quando il piacere esplose. Ancora e ancora, Hugh affondò e si ritrasse, e a ogni occasione il corpo di Penelope cercava il suo, stringendolo con le gambe.

Quello stesso qualcosa dentro di lei si contrasse ancora una volta, e poi la mano di Hugh si infilò tra di loro, accarezzando quel punto che la spinse oltre il limite e la fece precipitare nell'estasi. Hugh la baciò, divorando le sue grida mentre il suo corpo si muoveva sopra e dentro di lei. Poi le labbra dell'uomo svanirono e lui gemette, il corpo che fremeva dal piacere.

Hugh gridò il suo nome e lo ripeté, la voce che si faceva più debole a ogni ripetizione. "Pen, Pen, Pen." poi: "Vi amo."

Penelope lo strinse a sé e lo baciò sulla tempia, sulla guancia, sulla bocca. "Anch'io vi amo."

CAPITOLO 14

*H*ugh si svegliò di soprassalto. Sbatté le palpebre, cercando di acclimatarsi all'ambiente circostante.

Una stanza alla Botte da Orbi.

Il tepore di Pen accoccolata contro il suo fianco.

Era il giorno del suo matrimonio.

O almeno, lui sperava che lo sarebbe stato.

Il dubbio gli rodeva la mente come un tarlo. Perché mai avrebbe dovuto preoccuparsi? Aveva la licenza e Pen aveva detto sì. A far loro da testimoni ci sarebbero stati due duchi, oltre a un parlamentare che era anche avvocato. Cosa poteva andare storto?

I genitori di Pen avrebbero potuto attenderli con un esercito di Runner e di altre persone che avrebbero cercato di interrompere la cerimonia. Legalmente, non avevano alcun diritto di farlo. Hugh sperava semplicemente che tutti loro avessero rispetto per la legge. Considerato che lui stesso aveva ricorso – per così dire – al rapimento, doveva dare per scontato che i suoi avversari avrebbero preso in considerazione misure simili.

Hugh aveva appena pensato ai genitori di sua

moglie come ad avversari. E tuttavia, sapeva che lei sarebbe stata d'accordo.

Sua moglie. Sorrise tra sé. Mancava poco.

Guardò la testa scura di lei appoggiata alla sua spalla e si chiese per un attimo se quella posizione fosse anche solo lontanamente comoda per lei. Sorridendo, sollevò la testa e si chinò a baciarla sulla fronte.

"Pen," mormorò dolcemente prima di premere le labbra contro la sua tempia. "Buongiorno."

"Mmm." La giovane sfregò il naso contro di lui, che la tenne stretta. "È ora di sposarsi?"

"Quasi." Hugh le accarezzò la mascella e le sollevò il mento per baciarla. Il contatto fu delicato e lui lo mantenne per poco tempo. "Vi amo. Non dimenticatelo mai."

"Dubito che lo farò, ma vi invito a ricordarmelo ogni volta che lo riterrete opportuno."

Hugh la baciò sulla fronte. "Vi amo." Poi sulla punta del naso, suscitando una risatina. "Vi amo." Poi venne il turno della guancia. "Vi amo."

Qualche minuto dopo, si separarono ansimando. Hugh resistente all'impulso di afferrarle il seno e proseguire ciò che avevano iniziato. "Dobbiamo arrivare in chiesa prima delle otto."

Si alzarono dal letto e si vestirono. Hugh aiutò Pen col vestito e attese mentre lei finiva di sistemarsi i capelli. La giovane guardò accigliata nello specchio. "Non sono granché come cameriera personale."

"Immagino che sia molto più facile acconciare i capelli di un'altra persona."

Penelope si voltò verso di lui, sorridendo. "È vero."

Hugh le rivolse un inchino cortese. "Siete pronta, milady?"

"So che sarò ancora una lady dopo che ci saremmo sposati, ma sarò felice di farmi chiamare 'signora Tarleton.'"

"Allora, io vi chiamerò così." Hugh la prese per mano e le baciò il polso. "Venite, signora Tarleton."

Ad attenderli fuori dalla locanda c'era la carrozza del duca di Eastleigh, che li avrebbe portati in chiesa. Hugh aveva mandato dei messaggi a Tom, a Eastleigh e a Cole quando erano arrivati alla locanda, la sera prima.

Hugh aiutò Pen a salire sulla carrozza e controllò l'ora. Sarebbero arrivati prima delle otto e, con un po' di fortuna, la cerimonia si sarebbe svolta senza incidenti. Contava sul fatto che fosse troppo presto perché i membri dell'alta società fossero già in piedi. E tuttavia, considerata l'idiozia che aveva commesso la sera prima, doveva aspettarsi che ci sarebbero state compagnie sgradite.

La carrozza di Eastleigh si fermò fuori dal portone della chiesa. Fino a quel momento, sembrava che il suo piano avesse funzionato, perché non c'erano altre carrozze nei paraggi. Il cocchiere aprì la porta e Hugh scese. Aiutò Pen a fare lo stesso e la accompagnò oltre la soglia. Lei si aggrappò al suo braccio e più si avvicinavano alla chiesa, più si innervosiva.

Hugh si portò la sua mano alla bocca e le baciò il dorso del guanto. "Andrà tutto bene."

Hugh aprì la porta della chiesa e si fermò di scatto. La presa di Pen si accentuò.

Di fronte a loro c'erano una coppia di Bow Street Runner assieme ai genitori di Pen, a Findon e allo stramaledetto vescovo di Londra. Hugh soppresse il forte bisogno di raggiungere il padre di lei e stenderlo con un pugno.

"Buongiorno, Tarleton," disse impassibile il vescovo. Non sembrava minimamente contrariato, ma d'altra parte era raro che mostrasse segni di emozioni. Mentre Hugh aveva previsto gli altri, la presenza del vescovo era una vera sorpresa... e, forse, una complicazione.

"Buongiorno, vescovo Howley," rispose inchinandosi Hugh mentre cercava di trattenere il nervosismo.

Pen riverì e salutò il vescovo. Ma ignorò i suoi genitori, cosa della quale Hugh fu molto orgoglioso.

Il vescovo rivolse a Hugh uno sguardo severo. "Lord Bramber mi ha svegliato a un'ora antelucana per informarmi che voi avreste rapito sua figlia. È così?"

Prima che Hugh potesse rispondere, Pen prese la parola. "No." La sua voce era fredda e imperiosa. "Mi sono allontanata di mia spontanea volontà col signor Tarleton, in modo che potessimo sposarci."

Il marchese fece una smorfia. "È impossibile."

Il vescovo Howley contrasse le labbra, ma non disse nulla.

Hugh afferrò la mano di Pen e la guardò con orgoglio e ammirazione. Ci voleva molto coraggio, da parte sua, per affrontare suo padre dopo quello che lui le aveva fatto passare.

Gli occhi del padre di Pen, simili a quelli della figlia nella forma e nel colore, ma diversi in tutto il resto, brillavano di furia. "Dovete essere stato voi a rapirla, la settimana scorsa. L'avete vista quando è venuta alla vostra chiesa e l'avete presa di mira."

"Non è così," disse con calma Hugh, nonostante l'offesa che ardeva dentro di lui.

"No, quello sono stato io." Joseph entrò in chiesa da dietro le spalle di Hugh e attirò l'attenzione di tutti. Diverse persone erano entrate in chiesa dopo Hugh e Pen, compreso Joseph. "L'ho beccata per strada e le ho messo un sacco sopra la testa."

"Arrestatelo," disse il marchese, guardando i Runner.

"No," disse Pen. Poi, a voce più alta: "*No*. Sono uscita dal museo e sono corsa a St. Giles per evitare di sposare lui." Indicò lord Findon. "Mi rifiuto di sposarlo. Sposerò Hugh– il signor Tarleton."

Il marchese strabuzzò gli occhi. La sua bocca si contrasse dalla rabbia. "Hai mentito. Eri *davvero* scappata."

Hugh vide l'uomo sollevare il pugno, forse inconsciamente, e fece per muoversi verso di lui, pronto a stenderlo se necessario. Ma il vescovo interruppe il momento e Bramber lasciò ricadere la mano lungo il fianco.

Il vescovo Howley guardò accigliato tutti i presenti. "Non capisco esattamente cosa stia succedendo, ma il marchese sostiene che ci sia un fidanzamento in atto tra lord Findon e lady Penelope."

"C'è un contratto firmato?" Si fece avanti Jack Barrett, che era avvocato, oltre che parlamentare. Era uno degli ospiti che erano arrivati durante la conversazione. "In tal caso, lo contesteremo. Lady Penelope è maggiorenne e ha il diritto di sposare il signor Tarleton, se così ha scelto."

La moglie di Barrett, nonché sorella di Eastleigh, si mise accanto al marito, gli occhi che brillavano di orgoglio.

"Non c'è alcun contratto firmato," disse Pen. "Non ancora."

"Non può sposarlo se lui è morto," disse il marchese, suscitando diversi sussulti da parte dei presenti. Si rivolse a Findon, che si trovava accanto a lui. "Sfidate Tarleton a duello."

Findon assunse un colorito grigiastro piuttosto malsano. "Ehm, ecco, credo di no."

"Allora forse lo farò io." Bramber fulminò Hugh

con lo sguardo e chiuse di nuovo la mano a pugno, pur tenendola all'altezza del fianco. "Questo è l'apice dell'insulto: approfittarsi di mia figlia in questo modo."

Barrett, Eastleigh, Cole, Tom e Langford, anche lui appena arrivato, fecero tutti un passo verso il marchese, sui volti simili espressioni di determinazione e inimicizia.

La marchesa toccò il braccio del marito e gli mormorò qualcosa all'orecchio. L'uomo sbuffò e se la scrollò di dosso, facendola barcollare. La marchesa ritrovò l'equilibrio prima di cadere, ma la verità era palese: Bramber era un bruto. Non che Hugh avesse avuto bisogno di vederlo maltrattare la moglie per saperlo.

Hugh strinse la mano di Pen, poi la lasciò andare prima di avanzare verso il padre di lei. "Vi chiedo cortesemente di andarvene dalla mia chiesa." Quasi sperava che il marchese rifiutasse, dandogli la possibilità di buttarlo fuori con la forza.

Hugh non aveva detto nulla a Findon, ma l'uomo si allontanò a gran velocità. Anzi, era stupefacente vederlo muoversi tanto velocemente.

Il marchese, tuttavia, fece un passo verso il vescovo, rivolgendogli un'occhiata implorante. "Vi prego, vescovo Howley, dovete fare qualcosa. Mia figlia non può sposare un parroco."

Il vescovo Howley si accigliò profondamente. Era forse l'espressione più emotiva che Hugh avesse mai visto sul suo volto. "Un parroco può diventare vescovo, come ho fatto io. Siedo nella Camera dei Lord. Un giorno, potrei persino diventare arcivescovo. Denigrare il signor Tarleton significa offendere la nostra professione e la Chiesa d'Inghilterra. Devo schierarmi a sostegno del signor Tarleton e chiedervi di andarvene."

La soddisfazione esplose come un fuoco d'artificio nell'animo di Hugh. Lui si mise al fianco di Pen e prese di nuovo la sua mano.

Bramber fece un passo verso Pen e, d'istinto, Hugh si frappose. "Voglio parlare con mia figlia," disse il marchese in tono sprezzante.

"Sempre che lei ve lo permetta." Hugh rivolse un'occhiata interrogativa alla sua sposa.

Lei annuì e rivolse a suo padre un'occhiata glaciale. "Dite tutto quello che dovete, perché dubito che vi rivolgerò mai più la parola."

"Se sposerai Tarleton, sarai come morta per noi," disse freddamente il marchese. "Non ci sarà nessuna dote, nessun sostegno di alcun genere. Lo capisci?"

Le labbra di Pen si curvarono in un sorriso e per poco Hugh non la prese tra le braccia per baciarla. "Perfettamente. Non riesco a immaginare nessuna ragione per cui dovremmo rivederci." Guardò alle spalle del padre, verso la marchesa. "Addio, madre."

La marchesa tirò su col naso, quindi si fece avanti, oltrepassando il marito in modo da mettersi di fronte a Pen. "Non sei costretta a farlo," mormorò, lanciando un'occhiata circospetta a Hugh. "Non sei costretta a sposare Findon. Te lo prometto. Mi assicurerò che tu possa scegliere tuo marito durante la prossima Stagione. Non puoi abbassarti a tanto." La marchesa rivolse a Hugh un'occhiata sprezzante.

Lo sguardo di Pen si intristì. Aveva smesso di provare rabbia nei confronti dei suoi genitori. Non aveva senso. "Hugh è un gentiluomo esemplare e possiede l'anima più nobile e generosa che io abbia mai conosciuto. È una persona che ammiro e che dovresti ammirare anche tu." Passò un braccio attorno a Hugh, che ebbe la sensazione che il suo cuore stesse per scoppiare dalla gioia. "Io amo Hugh. Scelgo lui."

Eastleigh si schiarì la voce. "Beh, credo che non ci sia altro da dire su questa faccenda. Vogliamo procedere?"

Il vescovo Howley guardò Hugh. "Dato che sono qui, sarei lieto di celebrare il matrimonio."

Hugh avrebbe preferito che fosse Tom a farlo, ma non poteva certo dire di no al vescovo di Londra. Lui e Pen si scambiarono un'occhiata e Hugh capì che anche lei la pensava allo stesso modo. Era molto strano pensare che la conoscesse così bene, ma era come se non avessero atteso altro che incontrarsi e il resto fosse accaduto da solo.

"Grazie, vescovo Howley," disse Hugh. "Prepariamoci."

Il marchese emise un verso simile a un ringhio inferocito, poi fulminò il vescovo con lo sguardo prima di prendere la moglie per il braccio e uscire a grandi passi dalla chiesa. Non avevano ancora oltrepassato la soglia prima che un coro di "Urrà!" risuonasse in sagrestia.

"Vi dispiace se restiamo?" chiese uno dei Runner. "Mi piacciono i matrimoni."

"Assolutamente sì." Hugh non riuscì a trattenere un sorriso quando sentì Pen ridacchiare accanto a loro. La strinse a sé e le sfiorò la tempia con un bacio. "Pronta?"

Lei lo guardò, gli occhi che brillavano d'amore. "Sposiamoci."

EPILOGO

Il loro matrimonio a St. Giles aveva superato tutte le aspettative di Penelope. A lungo aveva immaginato una cerimonia durante la quale le sarebbe venuta la nausea e avrebbe pregato che un meteorite piovesse dal cielo per creare caos in modo che lei potesse fuggire. Poi, quando i suoi genitori avevano deciso che lei avrebbe sposato Findon, aveva sperato che si sarebbe aperta nel terreno una fossa che avrebbe inghiottito il conte.

Ma questo era molto meglio. Penelope aveva tutto ciò di cui aveva bisogno e che aveva sempre voluto. E si sentiva, per la prima volta in vita sua, pienamente viva. A ciò contribuiva il fatto che l'atmosfera, all'interno del Duca Malandrino, era vivace e allegra, proprio come avrebbero dovuto esserlo dei festeggiamenti. Il locale era pieno di nuovi amici e di molti parrocchiani venuti da St. Giles.

Il duca di Colehaven la avvicinò, sorridendo, affiancato dalla moglie. "Se avessimo saputo del vostro matrimonio con anticipo sufficiente, avremmo preparato una speciale birra *nonamara*."

Penelope guardò suo marito – suo *marito* – che

era l'organizzatore del banchetto. "Hugh vi ha parlato delle mie preferenze?"

"Esatto," rispose Diana. "Sto ancora lavorando a una ricetta. *Riusciremo* a creare una birra di tuo gradimento." La giovane annuì con determinazione.

"Grazie, siete molto gentili." Del resto, Penelope era circondata dalla gentilezza. Prima della cerimonia, Diana e le altre donne presenti – Isabella, la duchessa di Eastleigh, lady Viola Barrett, lady Felicity Langford e Priscilla, la signora Thaddeus Middleton – l'avevano aiutata a prepararsi. Lei aveva già fatto amicizia con Viola e Felicity al parco, e le altre si erano gioiosamente dichiarate a loro volta sue amiche. Subito dopo, le avevano chiesto di dar loro del tu, per cui sì, erano già amiche.

"È necessario," rispose Cole. "Noi ci prendiamo sempre cura dei nostri. Abbiamo anche del *formaggio spalmabile*." Il duca ammiccò prima che la coppia riprendesse il cammino.

Isabella e suo marito si fecero avanti e le chiesero se volesse fare un giro della taverna.

"A dire il vero, sì, mi piacerebbe." Penelope passò lo sguardo sulla sala principale, dov'erano al momento radunati. "Ancora non riesco a credere di trovarmi all'interno del Duca Malandrino."

"Sarete sempre la benvenuta," disse Eastleigh.

Isabelle inclinò la testa. "Credo che si renda necessaria una serata per donne. Una sera a settimana, durante la quale incoraggeremo le signore a venire. Potremmo giocare a carte o discutere di libri." I suoi occhi si illuminarono nel menzionare i libri.

"O ricamare?" chiese Penelope.

Eastleigh rise. "Temo che abbiate appena citato il tallone d'Achille di mia moglie."

Un lieve rossore colorò le guance di Isabelle. "Ho tentato, ma temo di essere una causa persa."

"Non fa per tutti, anche se a me piace," disse Penelope. "Mi piace anche dipingere e, di recente, ho sviluppato la passione per le carte." Lanciò un'occhiata a Hugh, che si trovava a qualche metro di distanza. Suo marito era impegnato in una conversazione con Giles Langford, il pilota di bighe nonché marito di Felicity, e Tom.

"Allora giocheremo sicuramente a carte," disse Isabelle. Si rivolse poi a suo marito. "Cosa dite di una serata per donne?"

"Credo che faremo qualunque cosa voi desideriate." Eastleigh baciò sua moglie sulla guancia e Penelope si stupì di tutto il calore e l'amore che erano presenti in quella stanza.

"Il banchetto è servito!" annunciò una cameriera dalla soglia di quella che Penelope aveva appreso essere la sala privata.

"Immagino che la nostra visita guidata dovrà attendere," disse Eastleigh.

"A dire il vero, Hugh aveva detto che gli sarebbe piaciuto molto farmi fare un giro." Nel momento in cui lei pronunciò il suo nome, l'uomo si voltò verso di lei e si mosse nella sua direzione.

Eastleigh diede una pacca sul bicipite di Hugh. "Allora lascerò a lui questo compito."

Mentre Eastleigh e Isabelle si recavano nella sala privata, Hugh offrì il braccio a Penelope. "Quale compito?"

"Quello di farmi fare un giro della taverna."

"Ah, sì, sono decisamente ansioso di farlo." Hugh abbassò la voce. "Più che altro, stavo cercando una scusa per rimanere da solo con voi." La baciò sulla guancia.

Lei lo prese per un braccio. "Possiamo fare il giro adesso?"

Hugh rise, un suono cupo e seducente proveniente dal profondo della sua gola. "Probabilmente, dovremmo prima mangiare."

"Suppongo di sì." Penelope sorrise. "Sono ansiosa di vedere come sarà il banchetto, anche se abbiamo già mangiato. Tutti hanno profuso grande impegno per noi. C'è persino del formaggio spalmabile."

"Sono stati felici di farlo," disse Hugh.

Penelope scosse la testa; ancora non era abituata a quel cambiamento nel suo destino. "Credevo che avrei sposato lord Findon. Non avevo mai avuto degli amici. E sicuramente non avevo mai sperimentato gentilezza o amore."

Hugh la prese tra le braccia e lei si rese conto che erano rimasti soli nella stanza. La fronte di suo marito si increspò per la preoccupazione e suoi occhi brillavano d'amore. "È troppo?"

"Forse, ma nel migliore dei modi possibili. Quando siamo arrivati in chiesa e i miei genitori erano lì col vescovo..." Penelope rabbrividì. "Temevo che avrebbero impedito il matrimonio."

"Non avevano alcun diritto di farlo. A ogni modo, sono lieto che ci fosse Barrett per metterli al loro posto. Anche se non credo che il vescovo Howley avrebbe mai permesso a vostro padre di fare qualcosa di inconsulto."

"È un po' strano festeggiare il mio matrimonio senza nessun parente." Penelope rivolse a Hugh un sorriso timido. "Ma nemmeno la vostra famiglia è qui."

Hugh le posò una mano sulla guancia. "Sì, invece. Siete voi la mia famiglia. Assieme a Tom e agli altri."

"Vorrei ringraziare Tom per essere corso a chiamare alcuni dei vostri parrocchiani prima della cerimonia. È stato molto bello." In verità, la notizia del matrimonio del parroco si era diffusa come se qualcuno stesse distribuendo pane gratuito e la gente aveva continuato ad arrivare durante la cerimonia. In seguito, loro due avevano trascorso parecchio tempo a salutare tutti.

Hugh si voltò verso la porta. "Andiamo? Sicuramente, ci stanno aspettando."

"Tra un attimo. Riguardo a quello che avete detto poco fa… sulla famiglia. Io ho sempre avuto una famiglia, ma oggi è la prima volta in cui capisco cosa ciò significhi davvero."

"A farlo per me hanno pensato il Duca Malandrino e la mia parrocchia. La famiglia è ciò che noi rendiamo tale."

Penelope gli passò le braccia attorno alla vita e guardò nel suo amato volto. "Vi sarà sempre grata per avermi salvata quel giorno, a St. Giles."

"E io sarò sempre grato per il fatto che voi abbiate avuto il coraggio e la tenacia per cambiare il vostro destino." Hugh abbassò la testa e la baciò.

"Ehm." Il suono li costrinse a separarsi con riluttanza. Eastleigh era in piedi sulla soglia. "Vi stiamo aspettando per brindare."

"Arriviamo." Hugh offrì ancora una volta il braccio a Penelope e insieme corsero nella sala privata.

"Tarleton! Lady Penelope!" esclamarono tutti al loro ingresso.

"È una tradizione del Duca Malandrino," disse Hugh, con la bocca vicina al suo orecchio. "Quando qualcuno entra nella taverna, tutti i presenti lo chiamano per nome."

"Splendido. E la prima persona che arriva?"

Hugh sollevò un'ampia spalla. "Anche lo staff partecipa al gioco, per cui immagino che sia uno di loro a chiamare il nome della persona in questione."

"Vi abbiamo preparato i posti d'onore."

Cole indicò due sedie al centro di un lato di un ampio rettangolo di tavoli che erano stati spinti gli uni contro gli altri.

Una volta che Hugh e Penelope si furono seduti, Eastleigh e Cole sollevarono i boccali.

"Alla sposa e allo sposo," disse Cole. "Possiate condividere una vita piena di amore e di risate."

"Alla famiglia," disse Eastleigh. "Forse non saremo parenti, ma il Duca Malandrino è una famiglia e, lady Penelope, siamo lieti di accogliervi tra noi. A Hugh e Penelope!"

"Evviva, evviva!" risposero tutti in coro mentre Penelope voltava la testa, ridendo, verso Hugh.

Lui fece tintinnare il boccale contro il suo bicchiere e lei brindò alle risate e alla famiglia e a un amore che sarebbe durato per sempre.

Vi siete persi il primo volume della serie del Club dei Duchi Malandrini? Scoprite cosa accade quando un duca cerca di fare da sensale per una tappezzeria con un'identità segreta. Ecco a voi UNA NOTTE DI SEDUZIONE!

Darcy Burke è autrice di best-seller per *USA Today*. Scrive romanzi storici e contemporanei sexy e coinvolgenti. Ha scritto il suo primo libro a 11 anni: una storia a lieto fine su un cigno assuefatto alla magia e sulla femmina che lo amava, corredato da illustrazioni orripilanti. Potete trovarla a https://www.darcyburke.com/readerclub.

Nativa dell'Oregon, Darcy vive al confine con la regione del vino, con suo marito chitarrista e i loro due divertentissimi bambini, che sembrano aver ereditato il gene della scrittura. In famiglia sono tutti gattari: hanno due bengalesi, un piccolo gatto cercatore di gloria che prende il nome da un frutto e un anziano Maine Coon, maestro della pigrizia e delle serenate alle cinque di mattina. Nel suo tempo 'libero', Darcy è una volontaria seriale; ha cominciato un programma in 12 passi in cui si impara a dire di no, ma continua a dover ricominciare da capo. I suoi posti preferiti sono

Disneyland e la Gorge il primo di maggio. Venitela a trovare online a https://www.darcyburke.com e seguitela sui suoi social media: Facebook a https://www.facebook.com/darcyburkefans, Twitter @darcyburke at https://www.twitter.com/darcyburke, Instagram a https://www.instagram/darcyburkeauthor e Pinterest a https://www.pinterest.com/darcyburkewrite.

9 781637 260128